AF174325

berez
haziku

MILAGRO EN EL AGUA

Joan Francesc Fondevila Gascón

Título: "Milagro en el agua"

Autor: Joan Francesc Fondevila Gascón

1ª edición: 2024

Propietarios de los derechos de la presente edición:
De la edición, Alberto Uribarri ©2024, de su autor ©2023.

Imagen de portada: "milagro en la arena", creada en OpenArt.ai

ISBN: 978-84-127388-4-1
DEPÓSITO LEGAL: BI 01781-2024

Printed in the EC

books factory

MILAGRO EN EL AGUA

Joan Francesc Fondevila Gascón

Nuestros latidos son los latidos del agua, de esa agua mansa y pura que brota de las rocas o de esa agua embravecida que surca los vericuetos del arroyo, de esa agua de los bautizos benditos de la vida o de esa agua de sangre, lloros y muerte.

I

Oscuridad. Agua desplomándose desde un cielo inmisericorde. Silencio atronador, silencio metálico. Es el telón de fondo para un desfile inclemente de guadañas y cuerpos inertes, para una retahíla de lágrimas, de pavor y de últimos suspiros.

Martes, 25 de septiembre de 1962. Llueve, llueve y no deja de llover. Diluvia a cántaros. El lecho de la riera de Las Arenas, habitualmente seco a su paso por Terrassa, se inunda y rezuma agua por los cuatro costados. Se necesitan unos sesenta litros por metro cuadrado para que, por ese terreno, cuaje y circule el líquido elemento. Está cayendo un millar de litros. Se masca dolor. Tiembla Terrassa, tiembla Les Fonts, tiembla Rubí, tiembla el Vallés. Es un temblor de trance, de alarido, de tragedia. Campos, montes, caminos y calles son un humedal sobrevenido. El subsuelo está al límite. No absorbe. Comienza a saturarse, amenazador. Llueve sobre mojado. Llueve demasiado. Llueve, llueve, llueve...

—¡Vamos, vamos! Coge bien el volante, que llueve mucho. ¡Qué dolor, Dios mío, qué dolor!

—Sí, María, sí, no te preocupes. Lo importante es la vida de Adán.

Adán. Era el nombre asignado a un bebé deseado, especialmente deseado. Tras dos abortos espontáneos y cataratas de dolor y noches de insomnio, era la tercera oportunidad para María y José. María estaba embarazada de ocho meses y tres semanas largas. Estaba a punto de parir, muy a punto. Las contracciones se lo indicaban. Tenía experiencia. Partieron de su funcional casa adosada de Les Fonts hacia el ambulatorio de Rubí, que les caía más cercano que el de Terrassa. María dilataba prometedoramente, pero las entrañas la atormentaban. Le dolían mucho. En exceso.

—Sobre todo ten cuidado con el coche, José. No se ve nada.

—Sí, tú tranquila.

—¡Para, para!

—¿Qué te ocurre, María? Me estás asustando.

—Estoy sangrando. ¡Dios mío, otra vez no! Sangro como la primera vez. ¡Mi niño, Dios mío, mi niño! ¡Quiero ser madre! ¡Por Dios, quiero ser madre!

Lo que debía ser un dulce parto ligeramente adelantado comenzaba a torcerse de forma cruel. Era un sangrado sospechosamente elocuente. Eran unos cólicos desbocados. El dolor se apoderaba del cuerpo y del alma de María. El dolor invadía sus entrañas. La noche feliz se comenzaba a desvanecer despiadadamente. Se ennegrecía para María, para José, y también para centenares de ánimas despedazadas en las aguas. María, al límite de sus fuerzas, no pudo soportar el dolor, y se desmayó, mientras un cuerpo sin aire se deslizaba fuera del suyo.

José, atolondrado, detuvo el vehículo en el primer arcén que encontró. Cielo y tierra se confundían, unidos en una inacabable cortina de agua. José, consternado, abrió la puerta del vehículo. Empapado de agua en cuestión de segundos, pese al chubasquero que llevaba, se dirigió a la puerta de María. Agarró el cuerpo del bebé, ya violáceo. La criatura no respiraba. La sacudió, le dio palmadas en la espalda, pero no consiguió nada. Era, indefectiblemente, el color de la muerte. Los espectros de malvas se habían conjurado de nuevo contra ese matrimonio unido y ejemplar, muy apreciado en el barrio, una pareja de obrero y costurera que irradiaba el bien y recibía el mal. El infortunio se cebaba de nuevo con ellos, entre rayos y truenos.

En los oídos de José aún retumbaban los gritos de dolor de María, que rompían la música del agua, un réquiem de impotencia y rabia. José, con el alma de Adán en brazos, acariciaba a María, aún sin sentido. Los ojos desorbitados de José se dirigieron a un hilo de luz que brotaba de entre las nubes, el quejido de la luna y el lamento de las estrellas. Esa angosta claridad iluminaba una riera desbocada, que provocaba pánico. José tragó saliva. No era una película de terror, ni visiones en un desierto, ni una pesadilla de madrugada. Era un trasiego de cuerpos embalsamados de légamo, arcillosos, anónimos, desplazándose como una procesión acelerada rumbo al mar. El marido, destrozado, agarró una destartalada linterna que siempre llevaba en el automóvil. Funcionaba. Hacía tiempo que no había cambiado las pilas, pero resistían. La suerte comenzaba a cambiar.

José dio unos pasos, y se situó al borde de una ligera pendiente, jalonada de arbustos agarrados a rescoldos, piedras multiformes, raíces desenterradas e irregularidades diversas. Se deslizó con la máxima suavidad posible, ya que el terreno estaba húmedo y resbaladizo, y la visibilidad era la que le regalaban, periódicamente, los relámpagos. Aseguraba cada paso como si la vida le fuera en ello, como el bebé que se lanza a caminar por vez primera. Poco a poco alcanzó la base de la pendiente más próxima a la riera, que le salpicaba en el rostro. Sin querer, como un metrónomo, iba contando los cadáveres que se sucedían en una procesión atroz e incluso sádica. Le pareció distinguir la melena empapada de una chica, los brazos quebradizos de un niño de corta edad y el rostro de un adolescente ensangrentado a causa de los golpes de decenas y decenas de objetos de todo tipo que avanzaban aleatoriamente, corriente abajo. José enmudeció, cariacontecido. La noche no era trágica solo para el matrimonio Gómez Silva. Se estaba convirtiendo en la noche más trágica de la historia del Vallés y en la mayor catástrofe hidrológica de la historia de España. Los ríos Llobregat y Besós se desbordaron, así como sus afluentes, y se llevaron consigo centenares de vidas, probablemente más de un millar.

—¿Qué es eso? —se preguntó en voz alta.

Súbitamente, atisbó entre la oscuridad y el sutil reflejo de la luna una cuna de cieno amarronado a la merced de la corriente. La cuna giraba sobre ella misma, dando eses constantemente, aunque no llegaba a volcar. Los caprichos de los regatos la acercaron hacia donde se hallaba situado José. Intuitivamente, éste se asió a ella, entregando en ese gesto la escasa energía que le quedaba. Le costó lo indecible, sufrió, pero la rescató, con penas y fatigas, del agua. Ante su sorpresa, José asistió atónito a una suerte de milagro: en ese moisés humilde y arañado por el destino se desgañitaba un bebé. Lo cogió con delicadeza, como había cogido unos minutos antes a su Adán. Era un recién nacido. Como máximo tendría un día o dos. Estaba chorreando agua por doquier. Con una toallita que llevaba consigo, José lo secó como pudo, aunque el agua continuaba manando del cielo, sin clemencia. El padre dejó la cuna a ras de riera, se liberó del chubasquero, cubrió con este al bebé, y emprendió la compleja ascensión hacia la carretera. Con el bebé en brazos, extremando las precauciones, se acercó al coche. María aún no había recuperado el sentido, pero respiraba. Eso alivió a José. El escenario daba escalofrío: un bebé fallecido en el vehículo, y decenas y decenas de cadáveres flotantes en la riera, como una comitiva fúnebre. La muerte se había apoderado de la noche y de todo. De todo, no. Estaba María, estaba él, y estaba el niño angelical rescatado del agua. José había salvado una vida de forma inesperada y, a la vez, oportuna. Era una buena obra entregada por el cielo y el agua. Al menos, así lo interpretó José.

Había que aprovechar ese guiño del destino, de los dioses, de la naturaleza, del todo o de la nada. Era el momento brindado para enterrar el drama de María, y el suyo, y el de sus familiares, y el de sus amigos. Dios les había negado reiteradamente descendencia, y ahora se la regalaba en la situación más extrema posible. Había que pensar y actuar con rapidez.

José depositó tiernamente al bebé rescatado en los asientos traseros del coche, apartó el chubasquero a un lado y tapó al niño con una manta que llevaba por si la necesitaba María en el parto. Entonces, tomó una decisión dolorosa, quizá la más lacerante de su vida. Entre lágrimas, sintiéndose más solo que nunca y en manos de la noche, cogió el cadáver de su bebé fallecido. Volvió a recorrer el camino hacia el torrente. Llegó a la orilla, que blandía oleadas amenazadoras. Con cuidado, colocó el cuerpo inánime en el cesto del milagro. Como si fuese un poético homenaje póstumo, entregó a su Adán al agua, a la naturaleza, que iba arrastrando a cuerpos y más cuerpos. Sabía que ese hijo descansaría eternamente en el Mediterráneo, probablemente en el fondo del mar. También era consciente de que acababa de nacer su nuevo Adán, un bebé condenado a la muerte y que, gracias a José, hallaría el paraíso terrenal. Tras despedir con un leve y afectuoso movimiento de mano a su bebé y a la cuna del viaje final, regresó hacia el coche. Sufrió un ligero resbalón, pero resistió con estoicismo, aferrándose con las uñas a una gruesa raíz. Como había dejado las luces del coche encendidas, se guiaba adecuadamente entre la penumbra. Penosamente, alcanzó el arcén. María seguía dormida, y Adán, sí, el nuevo Adán, lloraba moderadamente, como si, desde la candidez de sus pocas horas de vida, comprendiera la angustia del momento y, comportándose con madurez, quisiera ayudar a su nuevo padre. El calor creado en el interior del vehículo y el hecho de evitar la lluvia habían calmado al pequeño. José observó a su alrededor. El único sonido no humano que escuchaba era el de las violentas gotas, estallando contra el asfalto y la tierra mojada. Nadie le había visto. En el fondo, había salvado una vida. Ocupó el asiento del conductor. Colocó las llaves, arrancó el coche y regresó, con el pulso acelerado, hacia su casa de Les Fonts.

En el trayecto de vuelta, de escasos kilómetros, no dejó de girarse para comprobar que, en el asiento de atrás, Adán se encontrara bien. Avanzó a un ritmo muy lento, para evitar cualquier frenazo por efecto de las precipitaciones. Temía que algún pedrusco o algún árbol se abalanzaran sobre el vehículo. Cuando pudo estacionar el coche delante de su casa, tomó a María en brazos y la entró sigilosamente al comedor. Cogió una manta de casa, la colocó sobre el sofá y allí estiró a María. Limpió, como si fuera un experto enfermero, a su mujer los restos de la hemorragia, que parecía resuelta. Ya la había ayudado en el primer aborto, el más traumático, y demostró saberse manejar en esas lides. Llevó a Adán a brazos de María. El bebé, instintivamente, se enganchó al pecho de su nueva madre; para él, ya era su madre. Y el pecho de María, aún inconsciente, alimentó por vez primera a un hijo. La escena era conmovedora. Unas sutiles lágrimas de emoción resbalaban por la mejilla de José. Sí. Lo habían conseguido, de la manera más inimaginable. María y José ya eran madre y padre. Y Adán había redescubierto unas vidas que estaban a punto de truncarse: la suya, y la de una madre y un padre que lo cuidarían el resto de su vida.

II

—¡Qué bonito que es Adán, José! ¡Soy la mujer más feliz del mundo!

—Sí, María de mi vida. El bebé es precioso.

María no cabía en sí de gozo. Sus recuerdos de la noche anterior eran vagos e imprecisos. Le asaltaba un fogonazo de pinzamientos y de sangre, pero lo atribuyó a los dolores propios del parto.

—Suerte que me ayudaste, José. Creo que me desmayé y, si no hubiera sido por ti, Adán quizá no estaría con nosotros.

José asentía, comenzando a guardar el secreto de una noche infinita. De hecho, un Adán estaba con ellos desde el cielo, sonriéndoles, agradeciéndoles el amor recibido durante casi nueve meses en el vientre de María. El Adán terrenal llegó como una dádiva del cielo. José, en silencio, le dio mil gracias a Dios, y se juró y se perjuró que jamás explicaría a nadie el milagro que había acontecido unas horas antes.

María transmutó en Níobe, hija de la reina de Tebas y de Tántalo, esa madre afligida que lloraba sin consuelo por la muerte de sus catorce hijos a manos de Apolo. Los dioses se apiadaron de ella y la convirtieron en piedra, de donde manaba agua como las lágrimas. Los dioses le enviaron a María, sin saberlo, ese niño imposible, ese hijo por el que hubiese entregado la vida. Y las lágrimas de sufrimiento devinieron de emoción, de una alegría eterna, inconmensurable, acaso telúrica.

La vida de María ahuyentó el túnel angosto de la incertidumbre y se convirtió en una especie de octógono de equilibrio y plenitud, de regeneración de sonrisas en cada amanecer y ojos nostálgicos a la lumbre de la luna.

La fiesta de la vida que era el hogar de los Gómez Silva contrastaba con el drama de muerte en el exterior. De hecho, la pareja escuchó constantes sirenas de ambulancia, y, desde la ventana, observó a camiones de bomberos y diversos vehículos en un trasiego constante hacia la riera.

—¿Qué pasó anoche, José?

Y José le explicó una parte del episodio que había vivido. Le narró que, desde el arcén, cuando detuvo el coche, divisó decenas de cadáveres arrastrados riera abajo. Que era imposible hacer nada por ellos. Que el agua transportaba muebles, mesitas de noche, bicicletas, baúles, cajones, trozos de pared, chimeneas y un sinfín de andróminas incontables. María se horrorizó. Por fortuna para ella, el desmayo le evitó asistir en primera persona a una escena de terror y muerte.

José salió de casa y se dirigió hacia un corrillo de vecinos, que se arremolinaban en una plaza, alrededor de una fuente. Estaban nerviosos, preocupados, hundidos.

—¡Qué desastre! Me comenta un guardia civil que hay centenares de muertos, y que los equipos de rescate del ayuntamiento, militares y gentes de la zona están trabajando intensamente —apuntó Manolo, camarero de un bar.

—Se ve que están muy desorganizados. Ha sido todo muy rápido —sentenció Pepe, conserje de una escuela.

—Es que todo ha sido tan rápido y tan imprevisible...

Los vecinos le explicaron a José los detalles que iban conociendo de la tragedia, vía oral o a través de las emisoras de radio, que desempeñaron un papel fundamental para ayudar a los damnificados. Los aledaños de las rieras eran un lodazal, casi inaccesible. Tras unas semanas de sequía, las precipitaciones se habían ensañado con el Vallés Occidental. Más de doscientos litros por metro cuadrado en menos de tres horas arrasaron con todo. El caudal de la parte final de los ríos Llobregat, Besós y afluentes lo destrozó todo. También sufrieron el embate de la borrasca las comarcas del Vallés Oriental, el Bajo Llobregat y el Maresme, aunque de forma no tan grave. Rieras poco activas como la de Rubí o la de Ripoll se desataron y devastaron todo lo que encontraron a su paso, como si disfrutaran y se regodearan con el sufrimiento. El barrio de Las Arenas de Terrassa, el Escardívol de Rubí y numerosas fábricas de Sabadell desaparecieron en cuestión de minutos.

Los datos sobre la concentración de agua eran escalofriantes. Los caudales estimados alcanzaron los 1.750 metros cúbicos por segundo en la riera de Las Arenas, a la altura de Rubí, los dos mil metros cúbicos por segundo en la riera Ripoll, de Sabadell, los 3.200 metros cúbicos por segundo en el Ripoll, de Cerdanyola del Vallés, y los cinco mil metros cúbicos por segundo en el río Besós, en Sant Adrià de Besós. Una chimenea de aire caliente ascendió en una masa de aire congelado, lo que desencadenó el desastre.

—Demasiada agua después de tanta sequía —comentó Fermín, el panadero del barrio.

Ciertamente, el cauce de las rieras permanecía casi todo el año seco. Y, tras el verano, aún estaba más pétreo. La geología de la zona dibujaba terrenos sedimentarios y arcillosos. Por eso el lecho rebosaba grava y guijarros. La espesura de ramajes, arbolado y piedras alrededor de las rieras colaboró con la tragedia. En Terrassa, en la zona de la vía de Renfe, se creó un tapón de troncos, sedimentos y arena que, cuando estalló, barrió centenares de vidas.

—Al menos eso pertenece a la naturaleza. Lo que no tiene perdón es tanta construcción en el lecho de las rieras —se quejó Jordi, un fornido dependiente de una tienda.

—Eso, eso. ¡Especuladores! —gritó Manolo.

—Sí, sí. El dinero por encima de la vida, por encima de la ética, por encima de todo. ¡Qué desgraciados! —se quejó Pepe.

—Seguro que los que vendieron esos terrenos estaban durmiendo anoche tranquilamente en casas lujosas, y se estarán enterando esta mañana de todo el desastre que indirectamente han provocado —lamentó Jordi.

El despliegue urbanístico, que priorizaba y protegía las industrias de las autoridades de la época, se reveló cainita para las víctimas. Ya en los siglos XIII y XIV aparecen crónicas locales sobre riadas a causa de lluvias torrenciales. La naturaleza de las aguas se había cebado con Terrassa periódicamente desde 1888 (en la zona de Vallparadís), con fluctuaciones diversas: cinco años (1893, en la riera del Palau), un decenio (1903, en diversas zonas, incluyendo huertos y viñas), ocho años (1911), dos años (1913, en la riera del Palau, la ribera izquierda de la Rambla y las Escuelas Pías), ocho años (1921, en la carretera de Rellinars, destruyendo una barraca y segando la vida de una mujer y sus tres hijos), un lustro (1926, obturando el colector de la Rambla con lodo y árboles), cuatro años (1930, cuando la riera ahogó a cuatro niños de entre siete y catorce años de edad que estaban jugando en la boca del colector de la Rambla; los cadáveres acabaron en Les Fonts) y catorce años (1944, cuando se hundió el pantano de Guitard o la Xuriguera, y el millón de litros de agua descendió por la riera de Gaià, provocando ocho muertos y el hundimiento del puente de Les Fonts).

La comarca del Vallés experimentó un empuje económico sin precedentes durante las décadas de los cuarenta y cincuenta del siglo XX, de la mano de la industria textil. Ello supuso la llegada masiva y descontrolada de inmigrantes (ocho diarios de media durante el año de la catástrofe) para cubrir con urgencia los puestos de trabajo que se creaban en las fábricas. A la Terrassa tradicional se le sumó un cinturón insalubre, denominado como zona suburbial. La especulación era el criterio único, lo que llenó de viviendas terrenos agrícolas ubicados entre el centro y la zona industrial, impulsados por la Obra Sindical del Hogar. Eran barrios clandestinos, que se extendían con el consentimiento de las autoridades.

Algunos de los inmigrantes ocupaban habitaciones alquiladas en la periferia, e incluso se establecían turnos para ocupar las camas. Asimismo, se alquilaban partes de las casas a familias recién llegadas, en ocasiones en estancias compartidas por diversas familias, o se creaban barracas hacinadas en el interior de fincas. Eran las precursoras de los pisos patera. Los más afortunados construían barracas en terrenos sin urbanizar, en régimen de autoconstrucción, en parcelas emplazas en zonas agrestes o cerca de torrentes y rieras. La mayoría de inmigrantes aspiraban a una casa (de media, de treinta metros cuadrados), ya que estaban acostumbrados a este tipo de vivienda en sus pueblos, y no a los pisos.

Normalmente los inmigrantes construían sus barracas con cemento, tochos y uralita aprovechando los domingos, los días festivos y por la noche, al acabar de trabajar. Los fundamentos de esas viviendas eran frágiles, endebles, en terrenos desnivelados, aunque en general se mantenía cierta alineación en las nuevas calles, sin servicio de recogida de basura, sin pavimentar, sin red eléctrica pública y sin red de cloacas. Esas callejuelas se conocían por una combinación de letras y números, salvo un barrio, Ca n'Anglada, que asignó nombres de religiosos y se le conoció como el barrio de las vírgenes. Los vecinos recogían el agua de pozos y de fuentes públicas, y lavaban la ropa en la fuente de las Cañas. Los pozos muertos se convertían en un riesgo de contaminación para los numerosos acuíferos de la ciudad. Sin escuela y atención sanitaria, la realidad era dura, muy dura. El ayuntamiento, que seguía el concepto de democracia orgánica en manos de los tercios sindical, corporativo y familiar, pretendía que la industria funcionase, aunque aceptaba la escasez de viviendas. Incluso se planteó una unión en el futuro entre Terrassa y Sabadell, articulada provisionalmente a través de la Mancomunidad.

En ese momento, la mayoría de los recién llegados ya disponían de luz, y algunos, los más afortunados, de agua corriente. Una escuela privada, un convento de las carmelitas donde se oficiaba misa, un mercado y algunas tiendas y tabernas componían el dibujo del barrio. Para acudir a las fábricas del centro de la ciudad (donde se acumulaban unas dos mil quinientas industrias y talleres) en el turno de noche, los recién llegados debían cruzar la riera a oscuras, acompañados de una linterna, circular por la precaria pasarela de madera del puente del ferrocarril o acudir a la carretera de Castellar.

En improvisación constante, se construyeron viviendas en zonas claramente inundables, ocupando de forma temeraria el lecho natural de las rieras. Era un lecho que despertaba de vez en cuando y reclamaba un perverso protagonismo. Aquel 25 de septiembre de 1962 se desperezó sin piedad. La muerte asaltó barrios marginales, viviendas construidas a mano, frágiles como el barco de papel en el que las víctimas hubiesen querido subir cuando el torrente las arrastraba hasta el fin.

La tarde anterior, el cielo comenzó su desplome, poco a poco, como un cruel y a la vez paciente metrónomo. En la zona exterior del lecho de la riera, la tierra comenzaba a arcillarse. Javi, un atlético cincuentón que realizaba su paseo acelerado diario por un camino cercano, frunció el ceño. El color del cielo y las perspectivas de un gran chubasco le dieron mala espina. Tuvo un extraño presentimiento. Observó a unos chiquillos correteando por los simulacros de callejuelas sin asfaltar que se dibujaban entre las casas, edificadas a mano con un desorden que resultaba incluso encantador. Una mujer de mediana edad irrumpió en la escena.

—Niños, ¡entrad en casa que está lloviendo mucho y aun pillaréis un catarro!

—Es que queremos jugar más.

—¡A casa he dicho!

—¡Vale, mamá, vale!

—¡Id rápido, que os conozco!

Rezongando, los chavales asintieron, y su escondite y su pilla-pilla se frenaron en seco. Javi oteó la montaña, hacia Sant Llorenç del Munt, y un escalofrío recorrió su cuerpo. Se quedó lívido y pensativo. Esa oscuridad y esa densidad de nubes eran muy atípicas y nada halagüeñas.

—Alerta, que quizá estas casas no son un buen cobijo —señaló a la mujer.

—¿Por qué lo dice? —inquirió la señora con un poso de desconfianza y, a la vez, de preocupación.

—Es que están edificadas en el lecho de la riera, y como siga lloviendo se pueden inundar.

—¿Qué quiere decir, señor? ¿No estará exagerando? —rebatió la mujer.

—Ojalá me equivoque, pero yo no estaría del todo tranquilo.

El agorero o previsor Javi se despidió afectuosamente de la mujer, pensando que ya había realizado una buena obra avisando sobre el peligro que acechaba desde el cielo y que se confirmaría fatalmente unas horas después.

III

El sol asomó por entre los escombros en un amanecer de contrastes en el hogar de los Gómez Silva. Tras el estado de shock y la asimilación del duelo por la desgracia natural, y tras comprobar que no había afectado a una prima suya que residía en Terrassa, María, la María madre, se consideró legitimada para darse una alegría, tras tanto sufrimiento, tantos deseos contenidos y tantos sollozos derramados.

La euforia de María desbordaba por los cuatro costados. Por la mañana, la nueva madre salió de casa y, junto a su José del alma, y con Adán en brazos y enganchado con fruición a su pecho, se concedió un inédito homenaje en forma de copioso desayuno en un innovador bar, el Bar Clara. Era el bar que llevaba el nombre de una inmigrante australiana, ligada lejanamente a una conocida familia de industriales de Terrassa. Clara, deportista emprendedora y aventurera, rubita de ojos de índigo, nariz respingona, pecosa y de labios graciosos, pretendía adaptar la cocina oceánica al paladar mediterráneo. Era un reto valiente, como decidida era Clara al negociar las olas encrespadas en su tabla de windsurf, deporte incipiente del que era practicante. La tabla a vela había surgido en 1958, cuatro años antes. La creó Peter Chilvers, un inglés, aunque los polinesios, en el siglo

XVIII, ya cabalgaban majestuosamente sobre las olas manejando el *ehorooe*, una canoa alargada a la manera de tabla horadada. A Clara le entusiasmaba bogar y acariciar el agua. La relajaba. Se sentía libre, gobernando y a la vez a merced de la naturaleza, de los caprichos del agua y el viento. Era una mezcla intransferible e incomparable de control y de riesgo.

De hecho, le había explicado a María que, entre semana, cuando podía y las condiciones de las playas de Barcelona o del Maresme lo permitían, agarraba decidida su tabla de madera, cogía los Ferrocarriles Catalanes y, ni corta ni perezosa, recorría el camino hacia la playa, sobre todo la de la Barceloneta, para entregarse al agua de los vaivenes y para besar, en un intercambio de fluidos constante, la cresta de las olas. Clara era el mar, y el mar era esa Clara de melena mojada y sonrisa sempiterna. Clara se confundía con las olas y con la espuma, como una verdadera diosa de los océanos. Clara era Yemanya, la madre de todas las aguas, pero no una Yemanya de rostro oscuro, cuerpo celeste y cabellos de noche, sino una Yemanya de tez alba, cuerpo colorado y cabello de ángel. Clara era una orisha de raíz divina y latidos terrenales, que manejaba el pie de mástil como los ingredientes de la cocina, con una caricia dulce y un arrojo admirable.

En el restaurante de las antípodas, la nueva madre degustó una mezcla de espuma de manzana, harina de macadamia, crumble de cacao y placa de merengue de menta crujiente, rodajas de plátano caramelizado y salsa de manzana verde, todo decorado con rebanadas de atún y brotes. José se animó y saboreó un compuesto de copa de mermelada de Kiwano, crema de praliné de nueces, mousse de coco de Tanzania suave, espuma de tamarindo, galleta de chocolate y helado decorado con nibs de cacao. María y José, como si se tratara de una última cena bíblica, devoraron una trilogía de bolas de helado frito, galleta de obulato y praliné de pistacho, combinada con arena de cebolla caramelizada frita, y puntos de salsa agridulce. Para redondear el ágape, degustaron una mousse de queso mató aromatizado con clavo y cardamomo, bañado con un espejo de chocolate, una torrija sobre teja de queso parmesano y crema de vainilla y miel, todo decorado con un barquillo y papel de oro.

A su vera, Adán dormía plácidamente, ajeno a la terrible travesía hacia la muerte que había esquivado de forma portentosa e inverosímil, gracias a la mano y a la fe de José, su nuevo padre, que lo arrancó de las fauces irreversibles de Airón. La pareja se acariciaba como el luminoso día de esa boda tan sentida y tan romántica, en la iglesia de la Mare de Déu del Roser de Les Fonts, ante decenas de ojos humedecidos de ternura y amor.

José salvó a Adán del abrazo funesto de la mirada de Sejmet. De hecho, Sejmet acudió al rescate de la humanidad, esa que desforesta los bosques, plastifica los mares y tiñe el cielo de un letal y persistente carbono. El dios Ra no toleraba ese harakiri. Se arrancó un ojo y lo lanzó hacia ese mundo marchito. Sejmet devino ese ojo, y anegó de sangre tierra y océanos. El enojo de la terrible Sejmet era tal que Ra se arrepintió de su creación y domesticó a la diosa de la guerra y de la venganza, protectora de los faraones en lucha.

La riada de noche y muerte parecía obra de Chernabog, el eslavo padre de la noche, de la desgracia y el caos. Chernabog extendió el invierno y el frío de las aguas, desde el solsticio invernal, el de la noche más extensa del año. La oscuridad invadió el norte y el este de Europa, como devoró las vidas de centenares de seres inocentes, cuyo pecado había sido emigrar, levantar hogares de sudor y cemento y elegir, sin ser alertados por nadie, una tierra prometida que se reveló como tierra prohibida.

Esa noche desgarrada concitó la curiosidad de la azteca Coatlicue, un oxímoron de fertilidad y de muerte. Coatlicue blandía una peculiar falda de serpientes en la cosmología de la prehispania mesoamericana. Los senos caídos de esa diosa eran símbolo de fertilidad. Se producía un curioso contraste con los senos hinchados y recios de María, dadivosos como nunca, saciando el ansia de leche del glotón Adán.

La riera de Las Arenas se convirtió en riera del barro y de la muerte. Era el terreno predilecto del mongol Erlik, el dios de la destrucción y del inframundo. Erlik es el gran hacedor del pecado, ungido por Ulgen, el dios de la creación para los mongoles.

Erlik nació de un pedazo de barro que flotaba sobre el océano. La maldad le llevó a conspirar contra su superior, y ello le condujo al exilio en el inframundo. Herido en su maléfico orgullo, Erlik dedicó sus energías a propagar calamidades y enfermedades, como retorcida metodología para saciar su sed de venganza. Igual de perverso y vengativo es Angra Mainyu, un zoroatrista persa que, a pesar de no nacer malvado, se dedicó, libremente, a cultivar el mal, dando cuerpo al demonio y diseminando toda la maldad por el mundo. La canícula devino incinerante, y el invierno, glacial. Creó los incendios incoloros, traidores y abrasadores.

En las rieras del Vallés se concentró muerte, putrefacción, descomposición. Esas aguas repletas de cadáveres rehinchados y morados eran un epítome de Hela, la vikinga que gobernaba el inframundo de los fallecidos por edad o por enfermedad y que esparció las enfermedades por el mundo. Hela impresionaba, ya que su busto era seductor, pero su mitad inferior era la de un cadáver hediondo que desprendía una fetidez insoportable. Los torrentes incontrolables del Vallés despertaron el cruel instinto de la irlandesa Morrigan, diosa de la muerte y la destrucción. La funesta Morrigan surcaba los campos de batalla disfrazada de coneja o de cuervo. Su objetivo residía en inocular ira, sangre en los ojos y valor a las tropas celtas susceptibles de caer en la cobardía. A Morrigan se la ligaba al amor y al deseo sexual, un espíritu libidinoso tan seductor como mortal.

IV

—¡Sabrina, Sabrina! ¡Dios mío! ¡Sabrina!

Era Verónica. Una bella adolescente recién convertida en mujer. De cabello castaño y recogido, ojos marrones, nariz celestialmente respingona y labios finos, se refugiaba, mojada de pies a cabeza, sobre un minúsculo montículo rozando la riera de Las Arenas, un centenar de metros más abajo de su paso por la vía de la Renfe.

Allí se había formado un espectacular tapón compuesto por troncos, ramas, piedras, maderas diversas procedentes de las montañas y de alguna vivienda de Matadepera, y un *totum revolutum* de restos indescifrables. Como una presa de pantano, constituida de forma espontánea por capricho de la corriente, el puente ferroviario se convirtió en una trampa de efectos retardados pero mortal. Amortiguó el efecto del agua que derramaban las faldas de la montaña, concedió unos minutos de margen para los más afortunados o intuitivos, pero engañó a la mayoría de los centenares de habitantes de las endebles casas que se amontonaban siguiendo el curso del torrente. El hecho de no percibir la crecida real de la marea, mezclado con el efecto anestesiante de la nocturnidad en la acentuación de las lluvias, llevó a dormir con calma a la mayor parte de esos vecinos.

La presión sobre el improvisado y frágil pantano se intensificó. El dique hendía por momentos. Por la derecha, por la izquierda y por el centro, como un queso emmental. El agua, molesta y rebelde ante la cortapisa del muro, recibía los constantes refuerzos que manaban desde el cielo y seguía porfiando por continuar salvajemente su camino natural hacia el mar. Parecía que escuchaba los cantos del Mediterráneo, en esa ocasión cantos traidores, cantos hirientes, cantos de muerte. El agua llamaba al agua, en un cortejo incestuoso, y, al fin, el tapón dijo basta. Se rompió en mil pedazos y el torrente, desatado y furioso, sorprendió a numerosos vecinos que dormían en sus camas o se encontraban apaciblemente en casa, ajenos al peligro. Con una rapidez endiablada, sin apenas margen a la reacción, el embate de la corriente se lo llevó todo por delante: centenares de vidas humanas, y también miles de enseres variopintos. Se pasó del sueño a la muerte en cuestión de segundos. Sin piedad, como si la naturaleza penalizara la invasión de su territorio, el agua ahogó voces y esperanzas, sonrisas y labios, corazones y quimeras.

Y la voz, la sonrisa y el corazón de Sabrina era una de ellas. Era íntima amiga de Verónica. Fieles compañeras de Instituto, cada mañana emprendían camino a las aulas juntas, inseparables, como si hubieran nacido la una para la otra. Atravesaban calles y meandros para empaparse de literatura y de matemáticas, de lengua y de educación física, y para escuchar atentamente, para aprender y aprehender, para labrarse un futuro incierto pero ilusionante.

Sabrina era espigada, pelirroja, muy delgada, de ojos entre verde y azul, irónicamente ojos de mar. Y ese grácil cuerpo de Sabrina no pudo escapar de la absorbente mezcla de lodo y agua. Verónica sí que lo logró. Sus padres intuyeron que algo no marchaba bien cuando detectaron que el agua estaba entrando en su vivienda. Eso nunca antes les había ocurrido. Era una inequívoca señal de alarma. Empujados por un sexto sentido, decidieron coger sus pertenencias más importantes y, brincando como pudieron entre los charcos emergentes, se situaron fuera del alcance de las aguas. Les vino de unos segundos, de un suspiro, como en las películas de suspense. En aquella época, con muchas viviendas sin teléfono fijo, y con todas sin teléfono móvil ni internet, y la mayoría sin medios para avisar, el único recurso era vocear, a la antigua usanza. Verónica hizo un amago indeciso de acudir a la casa de Sabrina, pero estaba lo suficientemente lejos como para que Manuel, el padre de Verónica, la hiciera desistir, agarrándola firmemente por el brazo. Manuel sabía que, si la dejaba escapar, no la volvería a ver con vida.

—¡Vamos, vamos, rápido! Esto pinta muy mal. Muy mal —avisó a su hija.

—Pero...

—¿Qué te ocurre?

—Pero... ¿y Sabrina?

—Es que no hay tiempo, Verónica.

—¿Cómo que no hay tiempo?

—Rápido, el puente va a reventar.

—¿El puente de la Renfe?

—Sí, está al límite de agua y cuando se rompa se lo va a llevar todo por delante. Corramos hacia el montículo. ¡Rápido!

—Pero papá...

—¡Corre, va, corre!

Corrieron, corrieron, corrieron, y se salvaron. En menos de un minuto, horrorizados, observaron esa procesión diabólica de piernas, brazos, gritos, zapatos, pijamas, anaqueles, cajones, ramas, troncos, animales domésticos y lodo que lo arrasó todo. Literalmente. Las frágiles paredes de los habitáculos cedieron como el papel. Desesperada, Verónica, a la que unía una especie de telepatía mística con Sabrina, buscó a su amiga del alma entre la oscuridad. La ayudaban algunos hilos de luz de linternas de algunos de los vecinos, aterrados por la situación, y los rayos, siniestros testigos de los fogonazos de la muerte. Cuando se resquebrajó la presa del puente de la Renfe y la vía quedó colgando como una marioneta, balanceándose, todos empalidecieron. Sabían el significado de ese chasquido. Era sinónimo de muerte, muerte y más muerte. Todos moriremos, el mundo se acabará tarde o temprano, y eso nos debería llevar a relativizarlo todo y ser más generosos. Pero el instinto de supervivencia, ese cerebro reptiliano que nos ayuda a sobrevivir, convierte en desesperantes emergencias como la de aquella noche. La proximidad de la muerte, propia o de allegados y amigos, hiere. Hiere de muerte, hiere para siempre, hiere poco a poco, como regodeándose, en otra forma de morir más lenta, quizá mitigada por el paso del tiempo.

—¡Sabrina! ¡Intenta agarrarte a algún tablón!

Era imposible huir de la corriente, emponzoñada, ávida, inmisericorde. El barro lo arrastraba todo. Nada se le resistía.

—¡La cuerda! ¡Lanzadle la cuerda, por favor! ¡Sabrina!

Verónica se desgañitaba, impotente, derramando lágrimas de lodo y sangre. Algunos vecinos habían conseguido trenzar cuerdas de la nada, y las lanzaban a la corriente como pulsión automática para liberar la conciencia, sin la convicción sincera de que sirvieran para algo. La rapidez extenuante de las aguas, las tinieblas de la noche y los trompazos de las víctimas con toda clase de objetos contundentes convertían en misión imposible cualquier intento de ayuda y de rescate.

—¡Te quiero, Verónica, te quiero! ¡Adiós, Verónica!

Esas fueron las últimas palabras, a gritos ahogados desde lo más hondo del alma, de la desdichada Sabrina. Sus últimas energías, sus últimos estertores, le dieron para despedirse de su mejor amiga. Probablemente los padres de Sabrina ya habían perecido bajo el barro y los escombros, y se habría despedido de ellos, si hubo opción, al sentir el primer encontronazo con la corriente. Verónica lloraba, lloraba y lloraba. Lloraba más que el cielo y que la noche. El último latido de su amiga del corazón se había escurrido para siempre hacia el mar, decenas de kilómetros más abajo. Pensó que no la encontrarían nunca, y que yacería enterrada por toneladas de piedras y cascotes, o que descansaría como una sirenita durmiente en el fondo de los mares. Los padres de Verónica, balbuceando entre el dolor y la confusión, la consolaban como podían.

—Tranquila, Verónica, tranquila.

—Se ha ido mi Sabrina. ¡Se ha ido para siempre!

—Era imposible hacer nada, Verónica. Era imposible.

—Si la hubiera podido avisar...

—No se podía hacer nada, Verónica. Sabrina te acompañará desde el cielo, cariño.

—Mi Sabrina, mi Sabrina...

—No llores, bonita, no llores —la confortaba Remedios, su cariacontecida madre. Ella también era amiga de la madre de Sabrina. No la había visto entre las aguas, pero sabía a ciencia cierta que también había perecido, y que nunca más se encontrarían en el mercadillo, ni tomarían un café cortado juntas, ni se explicarían confidencias de mujer. Nunca más. Nunca.

Verónica, la dulce y tierna Verónica, se derrumbó. En ese momento, ella creía que se había derrumbado para siempre. Se quedó sin aliento. La tuvieron que sujetar entre sus padres y otros vecinos como ella se había sujetado a la vida, segundos antes, gracias a unas zancadas milagrosas. En ese instante, empero, Verónica hubiese deseado abrazar fuertemente a Sabrina y dejarse llevar, como su amiga, por la corriente. Sí, Verónica hubiese querido morir junto a Sabrina, a la que amaba en secreto y por quien hubiese entregado la vida.

—¡No le he dicho que la quería! ¡Ha muerto sin que se lo haya dicho! —se reprochaba interiormente, dándose reiterados golpes con la mano en la cabeza.

Sabrina y Verónica eran compañeras de escuela desde Primaria. Hijas únicas, no aprendieron a andar juntas, pero casi. Enseguida nació entre ellas una química especial, latente, imperceptible para el resto de los mortales. Era una llama que se avivaba a medida que crecían. Juntas descubrieron la primera aula de tiza y pizarra, las primeras despedidas antes de Navidades y las vacaciones de verano, el primer reencuentro tras los Reyes Magos, los primeros regalos, el primer carnaval aguado, el primer Sant Jordi de libros y rosas, las primeras calificaciones... Todo lo descubrían juntas. Todo.

De vez en cuando recordaban, entre risas, aquella excursión a la montaña de la Serra de l'Obac. Tenían seis años, e iban diligentemente siguiendo las indicaciones de las profesoras. Monitoras, las llamaban ellas, evocando su reciente pasado en la guardería. Sorteaban obstáculos, admiraban los cromáticos brotes de tomillo, retama y romero y se concentraban, con la adrenalina a tope, en la sinuosidad y las irregularidades del suelo. Avanzaban por senderos ariscos, serpenteando el monte entre árboles, rocas y maleza. Cuando llegaron a un claro en el tupido bosque, las profesoras les dijeron que ya podían acampar y desayunar. Todos se pusieron manos a la obra, puesto que los estómagos les reclamaban combustible, tras horas de marcha sin descanso. Sin embargo, Verónica, muy curiosa y aventurera, se levantó disimuladamente y se escabulló hacia un caminito desdibujado, que penetraba, como los rayos del sol, entre unos arbustos retorcidos con formas humanas y grosor de olivar. Sabrina, desde lejos, siguió el recorrido de su amiga con la mirada, hasta que, de repente, Verónica se esfumó. Preocupada por la suerte de su mejor amiga, Sabrina acudió rauda hacia el lugar en el que la perdió de vista.

—¡Sabrina, Sabrina! ¡Ayúdame!

—¡Ya voy! ¡Ya voy!

Verónica, que estaba sollozando desconsoladamente, había tropezado con una inoportuna raíz que sobresalía en el camino, y había caído de costado, en posición semifetal, sobre unas zarzas de tallos sarmentosos y aguijones punzantes. Como llevaba una camiseta de manga corta, el brazo derecho sufrió diversos pinchazos y rasguños. Los pantalones largos le salvaron las delgadas piernas de cualquier contingencia. La niña sangraba levemente. El incidente era más aparatoso que grave. Sabrina, con la candidez y la espontaneidad de su edad, la intentó curar instintivamente con su saliva, lamiéndole las heridas. Imitaba al atigrado y bullicioso gato de un vecino, que, cuando sufría alguna herida, se la lamía insistentemente hasta curársela. Esos lametones de Sabrina resultaron balsámicos.

—Me duele un poco este dedo.

Una espina se había clavado, de forma superficial, en el dedo índice de la mano izquierda de Verónica. Sabrina, como si fuera una cirujana benjamina, colocó el dedo de su amiga de refilón, y observó detenidamente a contraluz hasta que, al cabo de unos segundos, logró localizar el pincho. Ayudándose de las uñas y mediante una maniobra precisa lo arrancó. Una densa gota de sangre, roja, muy roja, brotó de la herida. Sabrina se la succionó y la absorbió. Entonces, alzó la cabeza y miró fijamente a los ojos de su amiga, de forma trascendente.

—Une tu dedo al mío —le pidió.

—¿Por qué?

—Tú hazlo, ya verás.

Ambas se engancharon su dedo índice, como si de un estudiado ritual se tratara.

—Juro que, pase lo que pase, seremos amigas para siempre —solemnizó Sabrina.

—Yo también lo juro —confirmó Verónica.

Ambas se sonrieron. Un juramento eterno se había sellado con encinas, robles, pinos y las bayas rojas y negras de las zarzamoras como testigos silentes. Cuando una aturullada profesora, alertada por los lloros, llegó al lugar, acabó de rescatar a Verónica, ya aliviada, y felicitó a Sabrina por su acto puerilmente heroico. Tras ello, y habiendo comprobado que todo volvía a estar bajo control, regañó cariñosamente a Verónica.

—No seas tan aventurera, Verónica. Fíjate lo que te ha ocurrido, y podía haber sido peor. ¿Y si te hubieses despeñado?

—No lo volveré a hacer, profesora. Perdóneme. Muchas gracias por ayudarme.

—Eso díselo también a Sabrina, que te ha salvado. Tienes un tesoro de amiga.

—¡Muchas gracias! —exclamó Sabrina, sonrojada.

Verónica se conjuró para cuidar ese tesoro y se prometió devolverle el favor si se terciaba en alguna ocasión. Y el destino le brindó esa oportunidad. Coincidió con otra excursión, en este caso a unas cuevas incrustadas entre las montañas de Sant Llorenç del Munt, repletas de conglomerados calcáreos, pizarras y calizas, zarandeadas por riscos y vaguadas. El agua había dibujado allí cavidades que habían procreado simas y surgencias, galerías profundas de centenares de metros de longitud.

Habían transcurrido cuatro años desde el incidente de las zarzas. Los estudiantes, excitados por la salida, avanzaban improvisadamente en hilera, charlando entre ellos, comentando banalidades y anécdotas varias.

—Vigilad, que ahora llega un camino muy estrecho. Es la parte más delicada de la excursión —avisó un profesor.

Verónica y Sabrina, siempre inseparables, avanzaban una tras otra, sintiendo su agitada respiración, fruto del esfuerzo. Justo al transitar por el punto más delicado, que daba a un profundo terraplén, Sabrina se trastabilló en el momento más inoportuno. Dio un grito de espanto. Verónica, que iba tras ella, la agarró como pudo de la mano, con todas sus fuerzas, y la salvó de un accidente cuya gravedad era imprevisible. Otros chicos, apurados, la ayudaron, así como también un par de profesores, que respiraron aliviados.

—¡Gracias, Verónica, gracias! —acertó a decir Sabrina, lloriqueante—. Me has salvado la vida —añadió, al tiempo que se abrazó, temblorosa aún por el susto, a su Verónica del alma, esa Verónica que, años después, hubiese querido volver a salvar a Sabrina de las fauces de la riada. Pero no pudo.

—Tú también me salvaste a mí el día de las zarzas, Sabrina. No llores, guapa, no llores —la calmó Verónica. Ese episodio las unió aún más, alimentando la llama de una amistad inquebrantable y devota.

Esa llama se desbordó durante los cursos de educación secundaria, cuando ambas se convirtieron en mujeres. Verónica se desarrolló de forma más precoz. Entre los trece y los catorce años la niña de labios finos devino mujer. Sus pechos crecieron y se moldearon con una rapidez inusitada. Tanto fue así, que incluso a veces los intentaba disimular, con el fin de evitar los comentarios, las insinuaciones y las miradas lascivas de los chicos de los cursos superiores del Instituto. Esas protuberancias transmitían que las hormonas de Verónica estaban revolucionadas, deseosas de experimentar, por mucho que en aquella época se corriera un tupido velo sobre lo relativo a sexo.

En cambio, la delgadez de Sabrina era proporcional a su desarrollo. Comía mucho, devoraba, sin poner esmero en dieta alguna, pero los nervios que brotaban de sus tuétanos le consumían calorías y grasas saturadas. El cabello rojizo le confería un magnetismo sublime, único. Era bella, y su cuerpo de niña se convirtió en una silueta sinuosa e irresistiblemente seductora cuando, hacia los quince años, hizo el cambio. De ser una niña graciosa pasó a ser una mujer atractiva y a atraer muchas miradas. La envolvía un aura de fragancia de rosas. Su sonrisa era un amanecer en el arenal de las playas turquesas, o una noche contando un sinfín de estrellas refulgentes. A nadie le pasaba desapercibida la belleza de Sabrina. Y menos a Verónica, que, cada mañana, la esperaba camino del Instituto, y la abrazaba fuerte, muy fuerte, y la besaba. Eran unos besos ingenuos, en la mejilla, en la frente, atusándole el cabello y su trenza inconfundible. La liviana levedad de Sabrina atraía, cautivaba, embelesaba.

Hasta que llegó un día en que Verónica abrazó a Sabrina y, de forma espontánea, sintió el roce entre esos pechos vírgenes y emergentes. Entonces, comenzó a dudar. Dudaba de ella misma, de quién era, de qué le gustaba, de qué deseaba, de los prejuicios que siempre había escuchado, de su ruta natural y convencional hacia el matrimonio y descendencia. Dudó de sus sentimientos, de por qué necesitaba tanto a Sabrina, de por qué pensaba constantemente en esa mirada envuelta en carmesí, de por qué el momento más feliz del día era cuando se reencontraba con su amiga de buena mañana, y cuando cruzaban sus miradas en clase, y cuando compartían el bocadillo de sobrasada, de queso o de jamón en el patio, o cuando regresaban a casa para comer, o cuando volvían por la tarde a la escuela, o cuando retomaban camino hacia el hogar... Verónica, la quinceañera Verónica, estaba descubriendo que su vida era Sabrina, su amiga del alma. Que la deseaba, que soñaba con la tersura de su piel, con las curvas de su cuerpo, con sus pliegues, con sus pechos, con su nueva esencia de mujer... Sabrina, Sabrina, Sabrina...

Tras ese descubrimiento, a Verónica le costó conciliar el sueño. Sobre todo, en las primeras noches. "¿Y si Sabrina me toma por loca? ¿Y si se aleja de mí para siempre? ¿Y si se lo comenta a su madre, y ésta

43

a la mía?". Verónica, racional, cerebral, cartesiana en ocasiones, analizó los pros y los contras, fríamente. Y decidió contener, acaso esconder, sus sentimientos, al menos durante un tiempo prudencial. Pensó que quizá sería mejor esperar a la mayoría de edad, comprobar la evolución de Sabrina o incluso mantener ese secreto durante toda su vida.

La acaramelada Sabrina era una niña inocente, que aún soñaba con el arcoíris, con los caballitos de la feria y las nubes de azúcar. Escuchaba música romántica por la radio, estudiaba sin estresarse en demasía y correteaba por los campos de trigo y sarmiento cercanos a la riera de Las Arenas. Para Sabrina, Verónica era como una hermana, una suerte de hermana mayor, que la aconsejaba, la ayudaba en los deberes y le explicaba aquellas lecciones obtusas e indescifrables que se le resistían. Había jugado con su amiga peinando trenzas en muñecas rubias y en interminables escondites. Hasta que llegó el día en que simularon que ambas se maquillaban. Verónica consiguió un pintalabios de su madre, que estaba trabajando en un telar de una de las numerosas fábricas de Terrassa. "Píntame los labios", le pidió Verónica a su amiga, con ingenuidad. Sabrina atendió esa demanda y, con una suavidad hiriente, se los fue pintando, de un rojo intenso, que brillaba y atrapaba. Mientras le acariciaba los labios con la mirada, Sabrina sintió por vez primera la incontrolable humedad del deseo. Y le gustó sentirla. Tanto le agradó, que prolongó ese sicalíptico juego de rojo y fuego tantos segundos como pudo. Su sexo latía de sed, se encendía en cada centímetro de los labios de Verónica. Sus labios suplicaban saborear los de Verónica, pero el yo prudente llevó a Sabrina a aplazar un encuentro que, tarde o temprano, querría materializar.

Ese día en el que los labios se regalaron su aliento y abrieron un sinfín de sugerentes placeres por conocer marcó un antes y un después para Sabrina. Quizá por efecto de la autosugestión, o de una especie de profecía autocumplida, a la pelirroja soñadora le pareció que su cuerpo frágil y aún pueril mutaba, y que su yo de mujer se desarrollaba abruptamente, de golpe. Sus curvas se acentuaron, y Sabrina devino una escultura que provocaba admiración allí por donde transitaba.

Verónica deseaba a Sabrina en silencio, y Sabrina deseaba a Verónica en silencio. Era un silencio compartido, que luchaba por estallar a gritos. Se imaginaban la una a la otra, desnudas, observándose, acariciándose la piel, mimándose, recorriendo suavemente sus cuerpos con lenguas de brasa y saliva dulce. En sus noches, despertaban enfebrecidas, húmedas, empapadas del sudor del ansia carnal, cada una en su lecho, a centenares de metros de distancia, en las faldas de la riera de Las Arenas, entonces en reposo y comedida.

Su pasión era una hoguera incandescente, que se desataba bajo la luz de la luna y que se avivaba cada mañana, cuando emprendían, cogidas de la mano, el camino hacia las aulas. Verónica imaginaba los pechos de Sabrina, encrespados, endurecidos, esos pechos que, sutilmente, había podido gozar en un cándido e improvisado arrumaco. Sabrina saboreaba, desde la distancia, pero a muy escasos centímetros, los labios de la lujuria de Verónica, esos labios que había respirado, que había dibujado con la mirada y recorrido con su mente, que había enrojecido de carmín y de ardor. Ambas se deseaban. Ambas lo hubiesen entregado todo por esa pulsión incontrolable, pero el miedo a la reacción de la amiga íntima, la omnipresente presión social y un conservadurismo ancestral las conducía a aletargar la arrebolada voz de su alma.

Cuando Verónica y Sabrina debían resolver algún ejercicio en grupo, o explicarse la lección en voz alta, o ensayar una presentación en clase, prolongaban tanto como podían sus horas de convivencia. Se necesitaban, anhelaban estar juntas, olfatearse, impregnarse de sus perfumes de rosas y bergamota, acariciarse el cabello y admirar las nuevas sortijas o los nuevos pendientes, la excusa perfecta para tocar las manos o rozar sutilmente las orejas. Eran fracciones de segundo, momentos vaporosos, instantes en los que el tiempo se detenía y los corazones vibraban con tanta intensidad que una y otra temían ser descubiertas.

Una mañana cualquiera, en el Instituto, a la hora del desayuno, se levantó súbitamente una violenta ráfaga de viento, que arrancó del suelo e hizo bailar a unos granitos de arena. Uno de ellos se alojó en uno de los ojos de Verónica. Ésta intentó extraerlo instintivamente, primero frotándose, luego abriendo el párpado. El ojo se le enrojeció.

—¡Vamos al lavabo, Verónica! Te ayudaré —se ofreció Sabrina.

Ambas acudieron al servicio, ajado y de un blanco agrisado. Estaban solas, porque ya había sonado el timbre que indicaba a toda la comunidad académica la vuelta a clase. Sabrina le había explicado a una compañera el incidente ocular de Verónica, para que avisase al profesor de turno de que llegarían un poco tarde. De los ojos de Verónica comenzaba a desprenderse alguna lágrima.

—Déjame un momento, a ver si puedo liberarte de esa arenilla.

Sabrina sabía improvisar. Mientras Verónica se sujetaba el párpado y se lanzaba el agua que manaba de forma abundante del grifo de caño alto, comenzó a soplar suavemente, como sopla la brisa del amanecer en la duna virgen y solitaria, o la del atardecer envolviendo de misterio la inimitable silueta de los acebuches. Mientras Sabrina soplaba con levedad y rompía la ingravidez de la atmósfera, su cuerpo se adhirió, natural e inconscientemente, al de Verónica. Sus cuerpos se rozaban como si bailaran pegados una canción de amor bajo la tenue luz de la luna. Los pechos de las dos adolescentes se presionaban, se buscaban, se endurecían. Verónica estaba concentrada en su lesión ocular, pero Sabrina comenzó a respirar más aceleradamente y entró en un trance cercano al éxtasis: soplaba y seguía soplando, deseando que el excitante roce de sus firmes senos se prolongara hasta el infinito.

—¡Ya está, ya está! —exclamó Verónica, felizmente aliviada.

—¿Sí?

—¡Qué bien! ¡Ya no noto la arena de las narices! ¡Muchas gracias!

Sus ojos, algo enrojecidos y rociados de agua, se posaron fijamente en los de Sabrina, absolutamente abducida desde que comenzó el improvisado pero fascinante juego de la exhalación de aire. Verónica, radiante en su congénito desparpajo, detectó una mirada inédita en su amiga, que la llevaba más allá de la trascendencia del día de las zarzamoras. Esa mirada saltaba el umbral de lo que hasta entonces había conocido, probablemente el umbral de lo prohibido. Era una mirada pura, acendrada, una mirada de amor, que devino una mirada de arrebato, una mirada de lujuria rematada por el gracioso lunar que se escondía en el extremo de su párpado derecho. Era una mezcla de aliento cálido, de mensaje apasionado y, a la vez, una llamada de socorro. Sabrina le estaba pidiendo auxilio en silencio: necesitaba, con desespero, ser Verónica, entrar en Verónica, mezclarse con Verónica, fundirse con Verónica. Necesitaba poseerla y entregarse a ella, paladearla. Necesitaba saborear los mágicos efluvios de su esencia. Verónica permaneció inmóvil, esperando gélidamente, en una pasividad buscada, la acción de Sabrina.

—Sabrina... —acertó a musitar Verónica, hipnotizada por sus ojos de mar, antes del momento que cambiaría sus vidas para siempre.

Cuando los labios de Sabrina se posaron sobre los de Verónica, esta se dejó hacer, tímidamente. Lo deseaba profundamente desde hacía meses, pero un *alter ego* de pudor bloqueaba su frenesí. Los labios de Sabrina se desataron y devoraban a los de Verónica. La hábil y curiosa lengua de Sabrina penetró en la dulce boca de Verónica, y recorrió todas sus concavidades, todos sus recovecos y toda su miel, mientras el sexo de Verónica se regaba de una pasión ignota y desbordada.

Hacía calor, y Sabrina desabrochó con una confianza y una espontaneidad solo a su alcance el botón superior de la camisa de Verónica. Era un botoncito blanco, testigo boquiabierto de una escena tierna, única. Sabrina, cuyos dedos estremecían a Verónica cada vez que rozaban su piel, repitió el proceso con el resto de botones, celosos del primero. Cada botón desprendido desencadenaba un suspiro incontrolable en Verónica. Con un movimiento sutil, Sabrina la despojó de su ceñido sostén, y dio rienda suelta al deseo acumulado desde el día en el que le pintó poco a poco los labios. Devoró cada centímetro de los senos de Verónica, a lametones, succionándolos, embriagada de un placer hasta entonces contenido. Los jadeos de Verónica le indicaban que su amante estaba disfrutando, que deseaba más, que se estaba entregando en un ritual que había soñado en noches inacabables de fantasía y de lujuria. Cuando Sabrina se arrodilló ante su diosa Verónica, le desabrochó el botón de los pantalones. Verónica estaba más humedecida que nunca, excitada ante esa muestra de devoción de la chica a la que amaba. Sabrina le bajó con ternura sus braguitas rosas, y Verónica comenzó a temblar de un deseo irrefrenable. Sabía lo que vendría a continuación. Ambas lo sabían, y lo anhelaban. Cuando la lengua de Sabrina comenzó a saborear el pubis angelical de su amiga del alma, Verónica emitió los primeros gemidos de su vida, al ritmo que marcaba Sabrina. A medida que Verónica sentía la lengua de Sabrina más adentro, los suspiros se disparaban. Cuando la lengua de Sabrina alcanzó la máxima profundidad de Verónica, ésta gimió enloquecida. Las dos respiraciones entrecortadas devinieron gritos incontrolados de un gozo incomparable y nuevo para ellas. El orgasmo de Verónica y Sabrina, al unísono, en una especie de brindis divino, detuvo los relojes y, acaso, el devenir del mundo. Los focos de la pasión y del fuego eran suyos. Al acabar, Sabrina se alzó, y Verónica la besó salvajemente, liberándose de los corsés que la condicionaban, de los prejuicios de la época. Las dos se cogieron de la mano. Se regalaron la mirada más dulce que jamás haya existido, y se sonrieron emocionadas. Aún mantenían parte de consciencia, de realismo. Rápidamente, corrieron hacia la clase, atravesando las decenas de metros del patio y ascendiendo rebosantes de felicidad las interminables escaleras que las transportaban hasta el aula. Ellas sabían que en ese humilde lavabo de Instituto habían aprendido y se había impartido la mejor lección de sus vidas.

V

—¡Entra agua por el desagüe! ¡Entra agua por el desagüe!

—¡No puede ser!

—¡Sí, sí, no me lo estoy inventando!

—¿De veras?

—¡Está entrando como si fuera un manantial!

Raúl estaba visiblemente asustado y cariacontecido. Su mujer, Inés, de rostro tostado y cabello oscuro, saltó de la cama y sus pies se hundieron en el agua. Habría dos palmos de altura, quizá tres, de agua en toda la casa. Se había cortado la luz. Reinaba una inquietante y amordazante oscuridad. Con una cerilla de madera, Inés, previsora siempre que llovía, encendió una vela que había situado por precaución en la mesilla de noche, a pocos centímetros de su cama. Entonces se percató, alarmada, de que los dos o tres palmos de agua que habían inundado su casa quizá ya eran cuatro. Raúl, que se había acostado inquieto, como una presa consciente de que un depredador está al acecho, encendió otra vela, una vela de candelabro. Salió a trancas y barrancas del dormitorio. Alcanzó, a punto de resbalar, la puerta de entrada de la casa. La abrió y, bajo la intermitente luz de los rayos, observó que el nivel del agua crecía sin cesar, y que comenzaban a brotar grandes chorros de las grietas que se avistaban, cuando un rayo lo permitía, en la mole de materiales que bloqueaban el puente cercano. Enseguida intuyó lo peor. El depredador era un torrente de escombros, ramas y barro que aguardaba la perversa hora de abalanzarse sobre todo y sobre todos.

—¡Vamos, vamos!

—¿Qué ocurre?

—Creo que va a reventar el puente y la avenida de agua lo va a arrasar todo.

—¡Dios mío!

—¡Sí! ¡Coge a Laura y yo me encargo del niño!

—¡Tú coge a Pedro! ¡Yo me encargo de la niña!

—¡Hay que ir rápido, hay que ir rápido!

Inés cogió de la mano, con una fuerza inusitada, a Laura, una inocente y asustadiza niña de tres años, que se había despertado y había comenzado a sollozar al escuchar los gritos de su padre. Nunca le había visto tan convulso, tan histérico. Raúl agarró tensamente la cuna donde dormía su bebé recién nacido. Había visto la luz, entre llantos de emoción y rostros sonrientes, justo el día antes. Raúl, ebanista, había dedicado cálculos y horas y horas a crear ese moisés. Era su regalo para Pedro, el niño recién llegado, y para la sufrida madre. Pese a la oscuridad, los relámpagos alumbraban el camino hacia la orilla, o lo que ellos intuían como orilla, ya que nunca hubiesen imaginado que esa llanura podía convertirse en el cauce de un río irredento, ingobernable, letal. Inés, de tez blanquecina, cabello castaño y rizado y mirada saltona, disponía de la energía que le daban sus veinticinco años recién cumplidos, aunque aún estaba recuperándose del desgaste de un parto extenuante. Raúl avanzaba tras ella, chapoteando y chorreando, cuna en mano. El agua desbordaba sus cejas y le nublaba los ojos. Caminaba por intuición, a tientas, como camina un invidente que repite cada día el mismo trayecto.

De pronto, Raúl, Inés y los vecinos del lugar escucharon un estallido, tan ensordecedor y estentóreo como una bomba. Los más ancianos recordaron los proyectiles de las razias aéreas de la guerra civil. Del misterioso túnel de la noche emergió una lengua de agua, arcilla y material de todo tipo. Era una ola gigante, monstruosa, que se abalanzó sobre ellos y el resto de viviendas en cuestión de segundos. Era un tsunami al revés, montaña abajo, de agua dulce, de muerte tétrica. Raúl, como un resorte, empujó a Inés y a Laura hacia un modesto montículo, en la orilla más alejada del imaginario cauce del torrente. Ello les salvó la vida. Justo cuando Raúl y el bebé querían dar su paso hacia la salvación, la fuerza del agua se los llevó por delante, como una exhalación.

—¡Raúl! ¡Pedro! ¡Dios santo! ¡Pedro! ¡Raúl!

Debieron de ser las últimas palabras que escuchó Raúl. Los gritos despellejados de Inés retumbaron y chocaron contra el rugido hiriente del agua. De Raúl sólo acertó a intuir una mano, marchita, cadavérica. Embalsamada de barro y de asfixia, esa mano inerte se disipó entre los laberínticos meandros del torrente y de la noche. En cambio, la madre observó que la cuna donde dormía Pedro se mantenía a flote, resistiendo momentáneamente y de forma estoica los embates del sifón de la muerte. No obstante, en pocos segundos, el moisés se alejó de su mirada y se desvaneció en el horizonte de la penumbra y el dolor. Inés, con el alma partida en mil pedazos, se arrodilló y maldijo al cielo y a los dioses, mientras Laura se aferraba a ella, en el abrazo más triste e irreversible jamás contado.

El agua que descendía de la Serra de l'Obac y de Sant Llorenç del Munt se desató a partir de la diez de la noche, cuando el crecimiento del caudal de los arroyos de Palau y de Rubí se cebó sobre todo en las poblaciones de Terrassa, Les Fonts, Sant Quirze del Vallés y Rubí. Los materiales del cauce de las rieras que se inundaban correspondían a depósitos detríticos de cantos rodados y gravas de matriz arenosa gestados en el mioceno y en el cuaternario, de anchura al son de los cambios de caudal. La gran cantidad de árboles y piedras anejas a las rieras aumentó el impacto de la catástrofe, azuzada por la escalofriante y traumatizante iconografía de pies de cadáveres que aparecían entre las ruinas, mujeres y niños muertos en sus camas, como la pareja de ancianos del Titanic, maniquíes que en realidad eran cuerpos exánimes, árboles convertidos en ataúdes, retahílas de sarcófagos sin barnizar, velas delatoras de la muerte, el olor de gasolina, putrefacción y lodo.

Todo se inició a las 22 horas del 25 de septiembre de 1962. A traición. A la hora de ir a dormir. Con la complicidad de la noche. Sin luz eléctrica ni línea telefónica, comenzaron a repicar las campanas de las iglesias, la única manera de avisar de un peligro de muerte. Eran toques y repiques a muerto, como si intuyeran que solo cabía tocar a difuntos. Serían tantos los fallecidos que parecía que todas las campanas de todas las iglesias de Terrassa se hubieran puesto de acuerdo para brindarles un réquiem poético, de dos toques para las mujeres y de tres toques para los hombres. Todos recogían sus pasos bajo el agua. Las campanadas se sobreponían en un novenario concentrado en unas horas. Era un réquiem de tañidos que resonaban en la invisible bóveda de las nubes.

Terrassa y la riera de Las Arenas (y los torrentes de La Maurina, del barrio de la Piscina, de Pueblo Nuevo o de Sant Pere), Rubí y la riera de Rubí se convirtieron en un improvisado cementerio. El camposanto rebosó durante unas horas, y se prolongó durante días. Cuando el agua había destrozado Terrassa y llegó a Rubí, la riera se desbordó y aplastó las casas humildes de las zonas del Escardívol y de la Font de la Via. La riada, que duró, menguando progresivamente de intensidad, hasta las dos de la madrugada, provocó un millar de víctimas sumando muertos y desaparecidos. Más de cuatro mil personas perdieron su hogar.

Los efectos de los destrozos se calcularon en unos cinco mil millones de pesetas de aquella época. En Terrassa se esfumaron, al menos, 327 vidas, ya que muchos inmigrantes no se habían censado; en Rubí, la cifra de fallecidos se situó por encima de las 250 personas. En Sabadell, el desborde del cauce del río Ripoll segó la vida de 32 personas. Cerdanyola, Montcada i Reixac y Ripollet también sufrieron, en menor medida, los efectos del desastre. Casas y chabolas, edificios y fábricas desaparecieron casi sin dejar rastro. Otros municipios afectados fueron Matadepera, Castellar del Vallès, Barberà del Vallès, Sant Adrià del Besós, Sant Quirze del Vallès, El Papiol, Martorell, Molins de Rei, Pallejà, Sant Vicenç dels Horts, El Prat de Llobregat, Cornellà de Llobregat, Sant Boi de Llobregat o El Masnou.

Muchos de los que se salvaron le debían la vida a la intuición, a la suerte, a Dios, al miedo o a síntomas diversos que provocaron una reacción fulminante. En algunos hogares, como el de Inés y Raúl, los desagües delataron que había que huir con rapidez. En vez de expulsar agua, ésta entraba y entraba sin parar en los hogares. Algunos habitantes reaccionaron y salieron a comprobar qué ocurría en la riera. Los relámpagos les permitieron observar, espeluznados, que el puente que retenía el agua se resquebrajaba, y que el líquido y mortal elemento avanzaba como una montaña de más de un piso. A gritos, avisaron a los familiares para que salieran de inmediato. Ascendieron escalones y terraplenes y en cuestión de segundos, cuando se giraron, contemplaron horrorizados que ya no quedaban casas en pie, arrasadas por la fiereza de la tromba de agua. Del todo a la nada en un abrir y cerrar de ojos.

La reacción de solidaridad se produjo al día siguiente. Por la noche, la falta de medios de comunicación impidió a la mayoría de habitantes de Terrassa y ciudades aledañas percatarse de la brutalidad de la tragedia. La mañana del 26 de septiembre se convirtió en un réquiem eterno para muchos. Curiosamente, dos días después, en un nuevo episodio de lluvia, bajó otra gran riada, pero, al ser de día y con el precedente aún incrustado en las retinas, se pudo prevenir. No obstante, algún ciudadano estuvo a punto de sufrir un disgusto, como algunos de los voluntarios que colaboraban con la limpieza y el desescombro de los edificios y los solares afectados.

La generosidad de las gentes se puso de manifiesto tras la tragedia. Gran cantidad de voluntarios, desde numerosos municipios, acudieron a las ciudades afectadas para ayudar a buscar a los desaparecidos. Se llevó a cabo una magna tarea de recolección de alimentos, ropa, tiendas de campaña, mantas, medicamentos y dinero, impulsada por las emisoras de radio, encabezadas por Radio Barcelona y su locutor Joaquín Soler Serrano, que protagonizó una maratón sin precedentes y a quien se dedicó un monolito. El régimen franquista se sumó con su aparato propagandístico. Terrassa y Rubí recibieron la visita del caudillo, Francisco Franco. Sesenta años después, Rubí erigió un monumento, obra de Josep Maria Subirachs, en memoria de las víctimas, en el puente de Pelleria. Era una pieza de hormigón con una cruz de vigas de hierro en el extremo superior. En la inscripción al pie del monumento figura la cifra de 617 personas desaparecidas a causa de la riada. Eran víctimas del agua, de los rayos y de los truenos, de la avaricia de quienes les vendieron los terrenos, del capricho de un temporal que dejó un reguero de muerte, desolación y tristeza.

VI

El primer día que María y José acompañaron a Adán, de tres años ya, a la Escuela, rebosaron de alegría. Estaban que no cabían en ellos de gozo. La relativa proximidad de su casa de Les Fonts a la riera de la muerte les hizo reflexionar sobre los peligros que podía entrañar el futuro y sobre el intransferible valor de la vida. Habían ahorrado, poco a poco, una cifra respetable de dinero, gracias a su responsabilidad, su carácter austero y haciendo una retahíla de horas extras en un almacén y en limpieza del hogar en las mansiones de los empresarios vallesanos del textil. Resuelta la prioridad de alumbrar un hijo, su segundo objetivo era mudarse a una zona más o menos céntrica de Terrassa para mejorar su calidad de vida. Y lo consiguieron.

Habían dispuesto de una opción de adquirir un piso en el barrio de San Lorenzo, en una zona de terrenos agrícolas que invadía el antiguo y desparramado lecho de la riera. En 1964, un edificio funcional acogió a los damnificados de la riada que se habían quedado sin vivienda, con lo puesto, con una mano detrás y otra delante. Los precios del mercado inmobiliario eran relativamente asequibles en aquella época, teniendo en cuenta la proporción con los salarios. Además, los bancos gratificaban a los ahorradores con tipos de interés elevados y garantizados, a diferencia de lo que ocurriría en el siglo XXI, en el que se penalizaría extremadamente a las personas responsables y ahorrativas y se priorizaría, en ocasiones hasta el extremo, la subvención, bajo el eufemístico concepto de redistribución de la riqueza.

Los puestos de trabajo acostumbraban a ser estables, casi de por vida, incluido el sector privado, de manera que una familia tipo podía construir un ecosistema de propiedad sólido y sin demasiadas incertidumbres. De hecho, la proliferación de segundas residencias en zonas del litoral, y a veces en la montaña, reflejaba la linealidad y la seguridad que se confería en aquella época, más allá de la disponibilidad o no de ciertos caprichos o de ciertos avances tecnológicos que no pueden esconder la fragilidad de la sociedad líquida que se ha impuesto desde los años 90 del siglo XX. ¿Qué es preferible, vivienda asequible, trabajo estable y remuneración alta y segura al ahorro (no los fondos volátiles y peligrosos del siglo XXI), o acceder a videojuegos virtuales, metaverso, internet, criptomonedas o a redes sociales? Un estudio científico cuantitativo convertiría abrumadoramente esa interrogación en retórica, sobre todo entre las generaciones fustigadas por la volatilidad, la nula posibilidad de planificar y el acceso prohibitivo a la vivienda.

Como ya había proliferado la construcción de edificios verticales, y la adquisición de un piso era una meta codiciada, la pareja optó por un primero en la Rambla de Egara de Terrassa, en la médula espinal de la ciudad. Curiosamente, por allí transitaba antiguamente la riera que destrozó el centro urbano y segó decenas de vidas. Cuando el comercial de la inmobiliaria lo comentó, José dibujó una mueca de inquietud, aunque las garantías eran enormes.

La Rambla, la arteria principal de Terrassa, seguía el curso de la riera del Palau. Suponía el extremo occidental de la ciudad, puesto que, más allá de las antiguas murallas, el terreno estaba gobernado por campos de cultivo y salpicado de una pléyade de anárquicos huertos y matorrales. A mediados del siglo XIX se edificó la primera casa (de Antoni Torrella) al otro lado de la riera, vía natural para la expansión de la villa. Comenzó a forjarse el barrio de la Riera del Palau. Tras unos decenios fue rebautizado como Ca n'Aurell, al ubicarse en terrenos pertenecientes a esa masía. Cuando se derribaron las murallas con el fin de facilitar el crecimiento de la ciudad, se construyeron viviendas en los dos flancos de la riera, urbanizada como paseo arbolado. La infausta noche del 25 de septiembre de 1962, los mortales aguaceros desbordaron la modesta canalización de la riera del Palau, que circulaba por debajo de la Rambla. El embate de las aguas arrastró a numerosas personas y vehículos, y afectó a los bajos de los edificios de la Rambla, incluida la sede social del Terrassa Futbol Club. Algunos de los trofeos conquistados por la entidad desaparecieron a causa de la corriente, y de algunos se encontraron fragmentos diversos al cabo de días y semanas. Las piezas rescatadas se conservan en la Sala VIP de la entidad, debidamente documentadas y cuidadas.

Con el objetivo de evitar nuevas avenidas de agua, la riera sería desviada hacia el torrente de La Maurina, en la zona oeste de la ciudad. Es el denominado Trasvase de la Riera del Palau, en paralelo a la Ronda de Ponent. En época franquista, la Rambla fue nombrada oficialmente Avenida del Caudillo, nombre que desaparecería con el advenimiento de la democracia.

La familia Gómez Silva realizó un traslado rápido, entusiasta. Ello ayudó a José a alejar el recuerdo lúgubre de la noche de la riada. Aún se despertaba en ocasiones, sobresaltado, evocando el momento en el que entregó el cuerpo del bebé fallecido a la paz eterna del mar. Actuó de buena fe, conforme a sus principios, sin alternativas mejores. Inscribieron legalmente a su hijo brotado de las aguas. La felicidad que irradiaba María confirmaba el acierto de la decisión. ¿Qué le aportaría saber que su Adán era otro Adán? Nada, concluía José cuando le daba vueltas al caso. José había salvado una vida. Eso era indiscutible y éticamente irreprochable. Intentar investigar y buscar a los posibles progenitores de su hijo era ya absurdo, teniendo en cuenta el caos reinante; dada la magnitud de la catástrofe, lo más probable es que hubieran fallecido, e igualmente hubiese sido misión imposible hallar a alguien, teniendo en cuenta los centenares de víctimas y desaparecidos en Terrassa. Además, el matrimonio cuidaría como a un rey, como al primer hombre de la tierra abrahámica, a Adán. Así lo aceptaban la Biblia y el Corán. La costilla de Adán dio vida a Eva, y en el siglo XX regaló y endulzó la vida de María y de José, en un curioso juego del relato bíblico y de retorno a los orígenes.

Además, el niño crecía morenito y rollizo, como María. Si hubiese salido rubio nada hubiera ocurrido, ya que existía un antepasado familiar de ojos claros, pero a José ese parecido le tranquilizaba. María estaba más preciosa que nunca. De ojos penetrantes y brillantes, labios carnosos y mejillas encendidas, la maternidad la había convertido en una mujer radiante, que se sentía afortunada, protegida por los dioses, absolutamente realizada. Había amamantado generosamente a Adán, que aún le absorbía el néctar de sus pechos y se enganchaba solícito. Esa complicidad, esa unión tan mística, llenaba a María, que creía prolongado el cordón umbilical de sus entrañas mientras alimentaba a su vástago. Las revisiones médicas habían dictaminado que el pequeño crecía sano y fuerte como un roble, sin un ápice de debilidad. María, madre entregada y responsable, disminuyó a la mínima expresión su actividad en los telares, reducida a sustituciones de emergencia o puntas de demanda. Como la riada había destrozado alguna fábrica, las que quedaron indemnes habían incrementado su producción, por lo que de vez en cuando avisaban a María, a quien ya le iba bien desconectar del hogar periódicamente. Cuando esto ocurría, María convocaba como canguro a una vecina muy cariñosa, la hija única de un matrimonio vecino con el que se llevaban muy bien.

—¡Verónica, guapa! Esta tarde tendré que ir a la fábrica a ayudar. ¿Podrás venir a cuidarme a Adán?

—¡Sí, y tanto! Las horas que quieras —respondió Verónica por teléfono, con su gracia habitual.

—¿Cómo están Remedios y Manuel? ¿Todo bien?

—Sí, sí, bien de salud y con mucho trabajo. Esta tarde nos vemos, María.

Verónica ya había comenzado a estudiar Magisterio en la Universidad, tras un Bachillerato brillante. Era un vendaval: estudiosa, metódica, sanamente competitiva y, a la vez, generosa. Le encantaban los niños, era paciente, le gustaba enseñar y, tras analizarlo con esmero, concluyó que era la carrera que más le cuadraba para sentirse realizada. Además, como en su casa no iban muy boyantes, elegir unos estudios de tres años era una manera de poder incorporarse de inmediato al mercado laboral, muy esponjoso en ese momento, y poder colaborar con la maltrecha economía familiar. Con dieciocho años, ya mayor de edad, Verónica era una mujer hecha y derecha, que desprendía entusiasmo y que sabía claramente lo que quería.

No obstante, pese a esa imagen tiernamente arrolladora, Verónica guardaba un secreto. O, exactamente, dos secretos. El primero era la atracción indudable que sentía por las mujeres. El segundo, el vínculo onírico que aún intentaba conservar con el amor de su vida, esa Sabrina que se le había esfumado bajo las aguas embarradas la noche más infausta de sus vidas, las suyas y las de centenares de familias.

En el primer caso, Verónica se convenció de que, si expusiera abiertamente su condición sexual, causaría un enorme disgusto en su entorno familiar, sobre todo en sus padres. A mediados de los años sesenta, la homosexualidad aún era tabú, y podía condicionar tanto las relaciones personales como las laborales. La iglesia conservaba un protagonismo relevante. Además, Verónica descubrió la manera de seguir unida a Sabrina. Tras unas semanas de duelo, dolor incomparable y noches de inacabable insomnio, la quinceañera castaña recordó la fotografía que, unos meses antes, ambas habían impreso a raíz de una excursión a los campos de Torrebonica. Era un vecindario de Terrassa, a un par de kilómetros al este de la ciudad, próximo al término municipal de Sabadell, muy inferior en tamaño al de Terrassa, que con el tiempo devendría el municipio más poblado de la comarca. Es un área de bosque y llana. Se encuentra junto al Torrente de la Batzuca, que aporta aguas al río Sec. Al norte circula la vía del tren de la Renfe Barcelona-Manresa. Tal era el trajín a mediados de siglo XX para acudir a ese paraje que allí se instaló un apeadero. Con el tiempo, empero, dejó de dar servicio, a raíz del declive de visitantes al lugar y de usuarios de la línea férrea. El origen de Torrebonica era el sanatorio de tuberculosos Virgen de Montserrat. Había nacido en 1911, y se le denominaba de forma popular la Casa de Torrebonica. En su entorno se crearon huertos y se levantó alguna vivienda. El sanatorio se edificó en la masía de Can Viver de Torrebonica. Los terrenos fueron cedidos a la Obra Social de la Caixa en 1922.

Esa zona y ese apeadero devendrían, con el tiempo, tristemente célebres a raíz del aparente suicidio de dos terrassenses, hallados muertos y decapitados en la vía de Torrebonica. Fue un 20 de junio de 1972, casi diez años después de la crónica más luctuosa de la historia egarense. La raíz de esos fallecimientos era la moda del avistamiento de objetos volantes no identificados. Tras la observación de 1947 del piloto norteamericano Kenneth Arnold de unos peculiares objetos desplazándose a una velocidad imposible, se instaló el interés por posibles naves extraterrestres o platillos volantes. A mediados de siglo XX proliferaron las publicaciones (en prensa y en forma de libro) sobre avistamientos. En los años sesenta surgieron numerosas entidades que analizaban el fenómeno, que incluso impulsó programas de radio y televisión. La apuesta espacial de los Estados Unidos de América y de la Unión de Repúblicas Socialistas Soviéticas, y el primer paso humano en la Luna, en 1969, provocaban fascinación por el fenómeno, rupturista e innovador. El embeleso e incluso la obsesión por los ovnis provocaron el presunto primer suicidio ufológico, justo en Terrassa. De madrugada, en la vía de Renfe, muy cerca de la estación de Torrebonica, aparecieron los cuerpos decapitados de dos terrassenses aficionados a la cuestión. En cada cadáver se halló un papel que contenía, escrito en bolígrafo, el siguiente y enigmático mensaje: "Los extraterrestres nos llaman. WKTS88". En la mano derecha del mayor de los fallecidos se encontró un trozo de algodón, quizá impregnado de algún producto que minimizó la ansiedad inherente a las circunstancias, a la espera de la llegada del tren. Se trató de un viaje sin retorno a raíz de un presunto y surrealista contacto con seres de otros mundos.

En un contexto más bucólico, Verónica y Sabrina inmortalizaron su amistad en una fotografía en blanco y negro de la que imprimieron dos copias. A Verónica le costó Dios y ayuda encontrarla en los minutos previos al aluvión de barro y de muerte. Cuando su padre comenzó a inquietarse ante la crecida del agua, un sexto sentido le dijo a Verónica que debía apropiarse de sus bienes más queridos. Y, entre ellos, o el primero de ellos, se encontraba esa fotografía, que había guardado de forma improvisada entre las páginas de alguno de sus libros. Nunca había pensado que sería su único ligamen visual con Sabrina. Guardó el retrato en el bolsillo del pantalón. Tras la tragedia y el *horror vacui* en su corazón, su mente estaba concentrada en la desaparición de Sabrina. De hecho, habían trascurrido pocas horas desde su encuentro sublime y apasionado.

A medida que pasaban las semanas, Verónica sentía que necesitaba a Sabrina: sus labios, su sonrisa, su mirada tierna, sus manos, su piel, su respiración, su cuerpo... Se preocupó pensando que solo conservaría de ella el recuerdo de su fuego y una imagen que se podía llegar a difuminar con el paso del tiempo. Entonces, cayó en la cuenta de la fotografía de los pantalones, y se alarmó. Como la familia se había quedado sin ninguno de sus enseres, se había instalado provisionalmente en la casa de unos familiares de Terrassa, y les habían proporcionado ropa recaudada en las acciones de solidaridad impulsadas sobre todo por la radio.

—¡Mamá, mamá! En el bolsillo de los pantalones que llevaba el día de la riada tenía una fotografía con Sabrina. ¿Dónde están esos pantalones?

Remedios era muy metódica y cuidadosa, y, como la ropa de la aciaga noche sería el único recuerdo de Verónica, los había conservado en un baúl de su habitación eventual.

—No te preocupes, hija. Están en el baúl de los recuerdos.

—¡Qué alivio! ¡Muchas gracias, mamá! Eres un sol.

—¡Tú sí que eres un sol, Verónica!

Con el fin de confirmar que la fotografía estaba a salvo, Verónica acudió a la habituación casi con desespero. Abrió el baúl, se dirigió a los bolsillos traseros de los tejanos y suspiró a fondo. Unas lágrimas surcaron sus mejillas al admirar de nuevo, tras muchos días, a su Sabrina, la Sabrina de los besos entregados y las caricias sempiternas. Con el dedo índice, repasó con delicadeza, tan lentamente como pudo, el rostro de su pelirroja, sus labios carnosos, su nariz griega, sin asimetrías ni protuberancias, y su cuerpo, cada rincón de su cuerpo, inmortalizado en el papel de más valor de su vida. Cuando Verónica escuchó los pasos de alguno de sus primos, guardó precipitadamente la fotografía en su pecho. Mientras se dirigía a su habitación, revivió, como un flash, ese primer y sutil contacto carnal con Sabrina.

Esa noche, Verónica inició un ritual que repetiría todas las noches, sin falta. Lo inició con ciertas precauciones en la austera y liliputiense habitación del hogar transitorio y prestado, y lo acentuó cuando sus padres se decidieron a vaciar su cuenta de ahorros y adquirir un piso en la por entonces avenida de Caudillo, en la zona céntrica de la ciudad, en la Rambla de siempre. Como su padre acumulaba años de trabajo en la misma empresa, fenómeno muy habitual por aquel entonces, se le concedió la hipoteca que le permitió cubrir los flecos a los que no alcanzaba su capital. En un lustro cubrieron el coste total de la vivienda, y volvieron a acumular ahorros para afrontar nuevos retos en forma de segunda residencia en la playa, como era frecuente en aquella época.

Verónica resucitó a Sabrina a través del desgastado papel que perpetuó su amistad y su amor. La primera noche, bajo la tenue y anaranjada mirada de una bombilla de claridad apagada, Verónica recorrió con sus dedos la imagen de Sabrina, su cabello pelirrojo, su nariz graciosa, sus labios de frutas, la delgadez de su cuerpo, y se entretuvo en los pechos que la enloquecieron y que, en esa imagen perpetuada, aún estaban en luna creciente. Mientras palpaba minuciosamente ese papel, Verónica sentía que estaba acariciando a Sabrina, que estaba acariciando realmente su piel, ese cuerpo que la había cautivado para siempre, ese aroma que respiraría *ad eternum*, más allá del espacio y del tiempo. Podía respirar a Sabrina, su fragancia y su aliento absorbente.

El fetichismo de la fotografía con Sabrina y su mitificación creció y creció, adquiriendo una mezcla de ascetismo en la conservación del documento y en la renuncia al placer carnal. Verónica alcanzaba la cumbre del placer admirando la imagen de la mujer que la había amado, que la había llevado al zenit, evocando esos emocionantes y arriesgados minutos de clímax y lujuria en unos servicios de Instituto e imaginando que sus dedos eran la dulce y suave lengua de Sabrina. En función del día, en función de las experiencias de las horas anteriores y del estado de humor, la contemplación de Sabrina era más sosegada, o más enardecida. Era una manera de mantener encendida una llama que, al menos para Verónica, no había apagado, ni nunca apagaría, la marea de destrucción ni el amnésico discurso del tiempo.

En el día a día, Verónica mantenía una ilusión constante, atávica. Se exigía mucho en los estudios, fruto de un innato espíritu competitivo, aunque no exento de generosidad. Era de esas chicas que nunca rehusaba dejar los apuntes o ayudar a quien se lo requiriera. En el hogar, colaboraba en lo que podía. Y cuidar a Adán, a ese ángel de los vecinos, era un momento de desconexión, de acercamiento a su instinto maternal. Se aferraba a ese instinto, sabedora de que, si seguía su polo de atracción, probablemente nunca iba a disfrutar de un hijo. El hecho de saber que el pequeño había nacido en la fatídica noche de la riada le confería un añadido de afecto. La noche en la que Sabrina se diluyó corpóreamente apareció el querubín con el que jugaba, al que cuidaba y al que enseñaba los primeros balbuceos y las primeras palabras. Era como si Adán hubiese recogido el testigo del corazón calmado de Verónica. El corazón desenfrenado seguía perteneciendo a Sabrina.

VII

Cada vez más cerca de los sesenta años, Javi dejó su maleta en el austero despacho del Instituto. Era un habitáculo compartido, enjalbegado de blanco, rematado por un mueble apolillado, pero con un toque *vintage*, casi de museo. En los prolíficos anaqueles se acumulaban fascículos de una enciclopedia caducada, un ramillete de muestras de libros de editoriales, colocadas sin criterio alguno (de Cervantes, Quevedo, Shakespeare, Llull, Pedrolo, Rusiñol, Anglada o Wilde), y alguna carpeta que contenía listas de asistencia a clase de años atrás, sin orden ni concierto. De vez en cuando, con sana curiosidad, el profesor ojeaba esos listados para poner a prueba su privilegiada memoria o para comprobar si alguno de sus antiguos discípulos había conseguido algún mérito profesional.

—¡Quién lo iba a decir! —se exclamaba cuando descubría que alguno de sus alumnos más flojos lograba un cargo en alguna empresa.

—Ya sabía que le iría bien en la vida —se complacía, blandiendo una sonrisa de indudable satisfacción, ante los progresos de un estudiante aplicado.

No siempre existía una correlación directa entre rendimiento académico y profesional, aunque con frecuencia van parejos. No obstante, existe un nicho de estudiantes mediocres que utilizan otro tipo de habilidades en el ámbito profesional para descollar, y de alumnos brillantes que no acaban de cuajar fuera de las aulas, quizá por la incapacidad de trabajar en equipo o de adaptarse a la maleabilidad del día a día organizacional. Asimismo, también se da el caso de estudiantes que sobresalen en ambos entornos.

Para Javi, solterón empedernido y, al parecer de sus amigos y vecinos, cada vez más atrabiliario y cascarrabias, el amanecer carecía de sentido. Si acaso, las únicas motivaciones vitales consistían en entregar sus modestos conocimientos a los estudiantes de Lengua castellana, y amasar ahorros para repartirlos, *post mortem*, entre sus sobrinos, que le apreciaban. Uno de ellos se oponía al régimen dictatorial, y en junio de 1962 había participado activamente en las huelgas de Terrassa en solidaridad con los mineros asturianos. Algunos compañeros suyos acabaron en el depósito carcelario municipal y fueron puestos a disposición de las autoridades militares. Los derechos de reunión, huelga y asociación no estaban consolidados, en plena dictadura. Otro de sus sobrinos, muy batallador, se había implicado en la parroquia de San Lorenzo, que había comenzado a funcionar dos semanas antes de la riada y que rezumaba espíritu solidario.

Las clases magistrales aún generaban en la mirada del profesor de Secundaria un atisbo de esperanza. Se sentía más cómodo cuando explicaba la gramática y la sintaxis, cuando entraba en el galimatías de las subordinaciones y cuando abordaba la inmensidad del léxico y la ortografía. Su objetivo era que los alumnos cometieran la menor cantidad de errores objetivos.

—Al final, la lengua es como la matemática. Es una ciencia exacta, ya que se rige por unas normas y, cuando alguna no se cumple, la fórmula arroja un resultado erróneo —argumentaba en la reverberación del aula.

En ocasiones, debatía la cuestión. Si, en matemática, un procedimiento adecuado y correcto, afectado por un mínimo error, era puntuable de forma más o menos subjetiva (se podía restar desde la mínima expresión hasta la totalidad), en lengua o en respuestas teóricas y de desarrollo podía tomarse el mismo baremo. Más allá del contenido, un solo error ortográfico o de otro tipo podía servir de argumento para una calificación elevada o para llevar la respuesta a la tumba.

—La diferencia radica en el carácter y en la seguridad del profesor.

—¿Qué quiere decir con eso?

—Si el docente está acomplejado y sólo puede acudir a la penalización para conseguir una pretendida autoridad, optará por destrozar las calificaciones y las ilusiones del estudiante. Si el profesor es constructivo, simplemente avisará al estudiante del error, pero tendrá en cuenta el acierto global en la ejecución del ejercicio y el resultado será positivo.

En general, a los estudiantes les agradaba el planteamiento de Javi, que se dedicó en cuerpo y alma a formar a esa familia improvisada que se creaba en clase. Consciente de sus limitaciones creativas y del ímprobo esfuerzo que supone el arte de la escritura, renunció a emprender una potencial carrera como escritor, y se centró en la vía pedagógica. Era un lector compulsivo de cualquier libro que le llegara a las manos, y ello le servía para explicar infinidad de anécdotas en clase y ejemplos referentes a capítulos que abrían la curiosidad del alumnado.

—Comprar, leer y releer libros es la mejor inversión que podéis hacer —aleccionaba a sus alumnos.

Las aficiones del profesor eran sencillas: una larga caminata diaria para luchar contra el colesterol, la lectura de libros que adquiría en librerías de Terrassa o de Barcelona, que extraía prestados de la biblioteca o que le prestaba algún bibliófilo empedernido como él, la cita matutina con el periódico (con unos cuantos periódicos, para contrastar la información), la vespertina con las noticias televisivas, la meteorología y alguna película que lo mereciera (la televisión se había estrenado en España el 28 de octubre de 1956), la nocturna con los programas radiofónicos y dormir las siete u ocho horas correspondientes, en función del cansancio acumulado o la astenia estacional. De forma natural, sin esfuerzo, iba nutriendo su libreta de ahorros gracias a su proverbial austeridad.

Ese *modus vivendi* acomodado hubiese podido cambiar si hubiese recibido en alguna ocasión la llamada del deseo. Pero no fue así. Se tomaba su existencia con calma. Jamás había sentido nada especial por nadie, ni un espíritu paternal, ni una bocanada de seducción por crear un grupo familiar. Era un célibe perfecto, de manual, por elección. Los estudiantes le comentaban que alguna profesora del Instituto, cuando se refería a él, lo dejaba en las nubes, por su elegancia, responsabilidad y erudición, para buscar unas sanas cosquillas faranduleras, pero Javi apenas se inmutaba. Estaba convencido de la bondad de su modelo o, al menos, de que era el que mejor se terciaba a tenor de sus características. "A mi edad, ¿quién se va a adaptar a mis costumbres?", se justificaba. Su limitada vida social le había convertido en una *rara avis* monástica, singular y de extremada discreción.

Todo cambió para Javi la mañana del 26 de septiembre de 1962. Había avisado a una mujer y a sus vástagos del peligro que acechaba desde el cielo amenazador. En el fondo, nunca hubiese pensado en la magnitud de la tragedia, agravada por la nocturnidad, esa traidora y pérfida noche. Javi acudió a dormir a su piso de un barrio alejado de la riera. El talán de las campanas de la iglesia le sorprendió, aunque, amalgamado con los truenos y el goteo de la lluvia, quedó en la memoria adormecida del profesor, que cayó en brazos de Morfeo tras una jornada ajetreada. Al día siguiente, la noticia sobre la tragedia corrió como la pólvora, primero entre los vecinos, luego siguiendo los medios de comunicación, sobre todo la radio.

—Javi, ¡qué desgracia en la zona de la riera! Dicen que han muerto decenas de personas —le informó, cariacontecida, la dependienta de una tienda cercana con la que siempre coincidía ante de acudir al Instituto.

—¡Ostras! ¿De veras?

—Sí, ha sido terrible. Algunos conocidos han acudido a ayudar a recuperar cadáveres. Parece que haya habido una guerra.

No eran decenas, los fallecidos. Eran centenares y, probablemente, miles. Javi se acercó apresuradamente al Instituto, que, de hecho, canceló las clases, y avisó al conserje de que iría a ayudar a buscar posibles supervivientes y a las tareas de desescombro del entorno de la riera. Mientras acudía a la zona cero, un espectro de culpabilidad comenzó a asaltarle. "¿Por qué no fui más contundente con aquella mujer y con aquellos niños? ¿Por qué no les obligué a marcharse de allí, aunque faltaran unas horas para la consumación de la tragedia? ¿Por qué no me quedé vigilando unas horas?".

Al profesor de Lengua castellana le cautivaba la meteorología. En los días siguientes analizó los factores físicos que provocaron la formación y el desarrollo de esa borrasca convectiva profunda y explosiva. El verano había sido seco y extremadamente caluroso. Al despertar el día, el sol había predominado, aunque a lo largo de la mañana nubes amenazadoras cubrieron el macizo de Sant Llorenç del Munt y la Serra de l'Obac. La inestabilidad climática y la carga de humedad eran extraordinarias. Una dorsal hizo de tapón. En las capas bajas de la atmósfera, el aire se henchía de humedad a raíz de un flujo cálido. En las horas de la tarde, la dorsal se desvió hacia el este. A la una de la tarde se inició la lluvia. El tapón se liberó. La inestabilidad se desplomó en forma de lluvia explosiva. La dorsal no permitía avanzar, de forma que el frente fue circulando de sur a norte de Cataluña. Se creó un tren convectivo frontal que se cebó sobre el Vallés y convirtió rieras simbólicas en torrentes letales.

Desde el Ayuntamiento de Terrassa y desde los medios de comunicación no se alertó a la población de la borrasca que se le echaba encima. Los periódicos de la víspera, como *La Vanguardia* o la *Hoja del Lunes*, pronosticaban inestabilidad, chubascos y tormentas irregulares. Por la tarde, el viento soplaba severamente. El cielo se tiñó de negro. Un negro premonitorio. A las cuatro de la tarde las nubes comenzaron a desplomarse. Tal era la oscuridad que algunos conductores se detuvieron anta la carestía de visibilidad. A las nueve de la noche la lluvia era una cortina copiosa y despiadada. Las tapas de las cloacas, donde las había, comenzaron a saltar. Las canalizaciones no podían engullir el agua que caía. Las calles mudaron a cárcavos. Inicialmente, las incidencias se limitaban a inundaciones de los bajos de las casas. A partir de las nueve, los bomberos de Terrassa comenzaron a recibir llamadas desesperadas para salvar a ciudadanos atrapados o en situación de peligro.

De hecho, a las ocho y media se produjo la primera víctima mortal en Terrassa, arrastrada por la riera de Las Arenas. La tragedia se estaba mascando, y se aceleró. El corte del suministro eléctrico y de las líneas telefónicas incomunicó a los afectados, como si de una película de terror se tratara. Hacia las nueve y media de la noche, y durante dos horas, Terrassa se convirtió en un grito escalofriante, estremecedor, un aullido de muerte de personas empujadas por las aguas y el barro. En la Rambla (en pleno centro de la ciudad) y en la zona de la riera de Las Arenas y los torrentes de La Maurina, Mitger y Vallparadís, el panorama era espeluznante. Rescatar a alguien era misión imposible, agravada por la oscuridad. Tras el paso de la riada y una lluvia que moderó su intensidad un cuarto de hora antes de medianoche, se comenzaron a encontrar víctimas, la mayoría desnudas. La lluvia mortal les despojó de la vida, y también de su atuendo. En la Rambla, cuando los voluntarios hallaban un fallecido, depositaban una simbólica vela encendida para poderlo localizar. Era un homenaje improvisadamente poético de luz, tras las tinieblas, el quejido y la destrucción.

—Esas fábricas y esas viviendas tan cercanas a la riera...

Javi barruntaba y barruntaba. En Terrassa, el eje del desastre se inició en la riera del Palau, al norte.

La riera circulaba por la Rambla de Egara mediante un colector. Después, se unía a la riera de Las Arenas, que atravesaba la ciudad sin canalizar y en Les Fonts formaba la riera de Rubí. Como se permitió construir en su entorno, y de ello obtuvieron réditos las fortunas del lugar, era simplemente cuestión de tiempo que se produjera una desgracia, aunque nadie la hubiese pronosticado con esa magnitud. De los 225 litros por metro cuadrado que cayeron, 95 lo hicieron concentrados en apenas tres cuartos de hora. El colector de la Rambla quedó obstruido por los materiales arrastrados por la riera del Palau. El puente ferroviario de la Renfe hizo de traidor dique de contención. Al reventar, la ola del agua superó los dos metros de altura, y arrasó vidas, vehículos, maquinaria y árboles. Se calcula que en la Rambla perecieron setenta y dos personas, y diecisiete más se dieron por desaparecidas. Las fábricas de la zona alta se desplomaron, así como numerosas casas. Gran cantidad de vehículos acabó en la Rambleta, Rambla abajo, en la salida de Terrassa hacia Barcelona. La riera de Las Arenas, desbordada, desvió su curso en los bloques de pisos de los grupos de Sant Llorenç. Penetró por un antiguo cauce y sembró de muerte el margen derecho del barrio llamado ahora de Egara. Se formó un verdadero triángulo de la muerte que segó más de un centenar de vidas y se llevó por delante numerosas casas y chabolas. En Terrassa murieron 327 personas, y se produjo una cantidad similar de heridos. Medio millar de casas desaparecieron o sufrieron graves afectaciones.

En Rubí, el foco de la desgracia fue la ubicación de la Fábrica Arch, una nave industrial muy cercana al cauce de la riera. Los dos barrios más afectados (el Barrio del Escardívol y barrio de la Font de la Via) también estaban enganchados a la riera o dentro del cauce. El curso de la riera de Rubí se había modificado. En 1860 se había construido el primer puente de piedra en Rubí con el fin de conectar el pueblo con la zona de cultivo y las masías de la otra parte de la riera. La ubicación de la Fábrica Arch, la principal de Rubí durante años y conocida como La Pelería, reducía la capacidad del cauce, lo que podía provocar retención de agua. La noche de la fatalidad, la rotura súbita del edificio ayudó a aumentar el caudal. Investigaciones posteriores determinaron que una lluvia no tan copiosa tampoco hubiese evitado fallecimientos.

VIII

La niña Laura, la bruna y dulce niña de ocho años, se resistía a entrar en la escuela. Era movida y algo tozuda, nada fácil de convencer. Había heredado el espíritu luchador de su padre, o al menos así lo pensaba Inés, su madre.

—¡Vamos, hija mía! Te lo pasarás muy bien y conocerás a mucha gente —la animó Inés.

—Vale, mamá... —aceptó, refunfuñando.

—¡Te quiero, Laura!

—Y yo a ti, mamá.

Tras despedirse de su madre con un beso, la niña se cogió de la mano de otra chiquilla y se dirigió diligentemente al aula que le correspondía. La mujer de tez morena y cabello lacio hizo una mueca de preocupación pasajera. Cada vez que se separaba de Laura, aunque fuera por un instante, le asaltaba el recuerdo de Raúl y Pedro, arrastrados por las aguas bárbaras entre rayos intermitentes y gritos despedazados. El corazón se le aceleraba. Temía que un remolino de aire se llevara a su hija hasta al cielo, o que súbitamente se abriese un boquete en el suelo y Laura fuese absorbida como un sifón en un viaje sin retorno hasta el centro de la Tierra. Inés sobreprotegía a Laura, lo que era una manera de protegerse a sí misma, de los fantasmas que la acechaban cada vez que el cielo se ennegrecía, cada vez que caía una gota de agua, cada vez que en la bóveda intuía un rayo, cada vez que abría los ojos y se percataba de que su marido y su hijo no estaban a su vera.

Laura iba creciendo, poco a poco. Cuando Inés, preocupada por los efectos traidores y traumáticos de la mente, le preguntaba por sus recuerdos sobre la noche aciaga, la niña se encogía de hombros y le respondía que apenas recordaba nada. Que acaso le venía a la memoria, muy vagamente, el chasquido de algún trueno y el fulgor de algún relámpago, y el eco de alaridos desgarrados. Pero, visualmente, su memoria selectiva le ahorraba el dantesco icono de la destrucción y de la muerte. No recordaba a Pedro, aunque sí una confusa imagen de su padre. Inés intentaba no tratar el asunto ante su hija, aunque el drama era reciente, demasiado reciente. Había transcurrido un lustro y era muy difícil olvidar. De hecho, Inés era consciente de que ella no olvidaría jamás la última mirada desesperada de Raúl, ese brazo de socorro, ese moisés difuminándose, entre la lobreguez, a merced de la corriente. Coligió que conviviría siempre con esa impronta de quebranto, y que la debía canalizar en positivo en la medida de lo posible. Que sus hombres estarían en el cielo, un cielo sin nubes negras, un cielo de sol floreciente y radiante que las debía iluminar. Antes de dormirse, Inés siempre rezaba un padrenuestro en memoria callada a ese amor tan perpetuo como intangible.

De vez en cuando, Inés, que había sido realojada en un edificio en el que se entregaron pisos para los damnificados de la tragedia, coincidía con algunos vecinos que se salvaron de las aguas. Quien más quien menos había sufrido daños colaterales: algún familiar o algún amigo fallecido, lesiones, pérdidas materiales... En los corrillos de delante del colegio, en el mercado o en las plazas, aún retumbaban ecos de epopeyas anónimas rescatadas desde los tuétanos de la masacre.

—Un compañero del trabajo se refugió en el edificio de la estación de los Ferrocarriles Catalanes junto a otras personas. Se pudieron salvar gracias a que el inmueble resistió la oleada.

—¿Sí? ¡Qué suerte!

—Sí. Estaban histéricos, porque pensaban que las paredes no resistirían, e iban viendo un desfile de coches y cuerpos flotando, corriente abajo.

—¡Qué horror!

—Pues una amiga de mi prima se encaramó a un platanero de la Rambla y resistió como una campeona.

—¡Caramba! ¡Qué fuerte!

—El agua subía dos o tres metros e incluso la desnudó.

—¿Desnuda? No puede ser...

—Sí, quedó desnuda, como Dios la trajo al mundo.

—¡Pobre! ¡Yo me hubiese muerto de vergüenza!

—Enganchada al árbol, iba viendo con horror

como otras personas eran arrancadas de los árboles y morían delante de ella.

—¡Dios mío!

—Ella aguantó y aguantó, y cuando la rescataron su único vestido era el barro. Parecía una escultura.

—¡Brutal!

Las historias de esos pequeños milagros circulaban por la ciudad, a la manera de alegoría de esperanza y de catarsis colectiva, que contrastaba con la dantesca recuperación de cadáveres, muchos de ellos sin cabello, arrancado por la salvaje fiereza de las aguas.

—En la calle Vinyals muchos supervivientes subieron a las ventanas.

—¡Qué remedio!

—Se ve que un quiosco de madera flotaba dentro de la estación, que estaba inundada, y que algunos se resguardaron en su techo rezando para que la corriente no se lo llevara todo por delante.

—¡Qué manera de sufrir! Yo no sé si hubiese podido...

Un residente en la Rambla explicaba que, al comprobar el copioso caudal y la fuerza con la que lo empujaba todo, se refugió en los pisos superiores de su morada.

—Subí al piso de arriba, pero ni así me fiaba.

—Normal. Con el nivel que alcanzó el agua...

Algunos vecinos recelaban y ascendieron hasta las terrazas y los tejados, pese a la lluvia que los empapaba.

—Estaba mojado hasta las cejas.

—Ya te creo, ya. Con la de agua que caía por todos los lados...

—Es que yo nunca había visto tanta precipitación, y tan intensa.

—Parecía que el cielo se ensañara con nosotros.

—Y mira que luego pasan meses en los que apenas llueve.

—Además, estaba todo tan oscuro...

—Sí, y se puso así desde la tarde.

—Y, para más inri, se fue la luz, y el teléfono.

—Sí, sí, ni hecho expresamente.

Los vecinos temían que las casas fuesen arrancadas de cuajo o descalzadas, como le ocurrió a algún tramo de las vías del tren.

—Las vías colgaban de una manera...

—Parecían cuerdecitas.

—Sí, como hilillos frágiles.

—O como los cordones de los zapatos, cuando los aprovechamos para otro par.

—Y pensar que luego esas vías resisten el peso de un tren.

Los coches estacionados en las zonas anegadas bailaban como títeres al son de la corriente. Los transeúntes a los que sorprendió la riada se aferraban a la vida agarrándose a farolas o a los barrotes de las ventanas, pero con frecuencia ello resultó insuficiente.

—Mi primo hermano se salvó porque se aferró a una farola.

—Seguro que tuvo suerte de que no lo golpeara ningún objeto contundente.

—Sí, porque vio a otros que no aguantaron. El agua llevaba materiales de todo tipo.

—Mi pobre primo, cuando ahora pasa por delante de esa farola, se santigua y da gracias a Dios. Dice que es como si hubiera nacido de nuevo, como si estuviera disfrutando de una segunda vida.

—Claro.

—Sintió tan cercana la muerte...

—Y tan cercana.

—Para él, cada mañana es un regalo.

La metralla del agua, el barro, los troncos y los minerales empujó a muchos vecinos mortíferamente. La oleada derrumbó puertas y ventanales, y arrastró una tétrica argamasa de mobiliario, electrodomésticos, camas y objetos de todo tipo desde las plantas bajas de viviendas, tiendas y comercios. De las tapas de las cloacas emergía una suerte de géiser que absorbía a los más desdichados y que atemorizaba a quienes pudieron contarlo.

—Mi marido se salvó de milagro en su fábrica —explicaba una madre aún cariacontecida pese al tiempo transcurrido—. Eran medio centenar de trabajadores en el turno de tarde.

—Claro, en esos turnos hay muchos operarios.

—La inundación los dejó atrapados a todos.

—¡Qué angustia!

—Mucha. Los bomberos llegaron a tiempo y rescataron a la mayoría por las claraboyas y por el tejado.

—Suerte.

—Ellos sí que fueron afortunados, pero nueve fallecieron ahogados o por golpes de los materiales. Fue terrible.

—No quiero ni imaginármelo.

—Piensa que mi marido aún sufre pesadillas y a veces se despierta sudado y tembloroso. No quiero ni imaginarme lo que debieron de sufrir. No sé cómo aguantaron.

—Ya lo puedes decir.

—Pues un primo hermano murió en el Bar Pompeya —evocó con un deje de profundo dolor otra madre—. El pobre se refugió en el bar pensando que estaría a salvo, pero la riada reventó la pared y lo encontraron muerto debajo de una mesa cuando estaban haciendo tareas de desescombro.

—¡Qué drama!

—Tengo clavado en el alma el grito de mi tía cuando lo identificaron.

—Lo puedo imaginar. ¡Pobre mujer!

—En la zona de Las Arenas, me comentaron que un padre estaba sacando a sus hijos por las ventanas de su casa inundada y, a causa de la oscuridad, el pobre, sin querer, los lanzaba a la corriente.

—¡Madre de Dios!

—Sí, sí. Se ve que cuando se hundía una casa emitía un sonido singular, que la gente de la zona nunca más ha oído —apuntó una mujer de melena frondosa e indumentaria llamativa.

—Esa noche está clavada en todas nosotras.

—Ya lo puedes decir, ya.

—Imagina la fuerza de la corriente que se encontraron cadáveres en las playas de Cunit y delante de las playas de Comarruga, en Tarragona.

—Pues mi cuñada se ha comprado un apartamento allí.

—Y mi hermana, en Cambrils.

—Es que esos pisos están muy bien de precio, y con el trabajo seguro que tenemos es relativamente fácil ahorrar y comprar propiedades.

—Sí. En la libreta de ahorros nos dan un tipo de interés muy elevado.

—Si llevas un ritmo de vida austero, ahorras mucho.

En la curva que la riera de Rubí hace en El Papiol se hallaron muchísimos cadáveres, más de ciento cincuenta, y más de un millar de animales.

—¡Qué horror! —añadió una treintañera.

—Sí, sí. Un vecino me explicó que lo arrastró la corriente y, magullado por todo el cuerpo, se agarró a unas farolas tumbadas.

—Pobre hombre...

—Como tiritaba de frío, entró en un coche y se provocó el vómito para sacudirse el barro que había tragado.

—¡Vaya! Claro, con tanto fango por todos los sitios, es normal tragar tanta cantidad.

—Ya lo puedes decir. Tardó tres meses en recuperarse y estuvo semanas y semanas expulsando barro por las orejas —aportó una madre que trabajaba en el mercado.

—En el barrio de San Lorenzo aún recuerdan a un vecino que conducía un coche negro y quería atravesar la riera para reunirse con sus familiares.

—¡Qué osado!

—Sí, demasiado. Le avisaron de que no continuase la marcha, pero hizo caso omiso y lo arrastró la corriente. El vehículo con su ocupante, fallecido, quedó embarrancado al lado del puente.

—Pobre.

—Eso sí, los días posteriores todos se volcaron para ayudar.

—Claro, claro. Es que fue un desastre nunca visto.

—Se ve que cuando los vecinos y los equipos de emergencia, entre los que había muchos soldados, realizaban tareas de desescombro, las mujeres de los barrios les cocinaban comida caliente y les llevaban botellas de brandi para que entraran en calor.

—Pues muy majas.

—En esas situaciones todo el mundo hace lo que puede.

—La mayoría de las personas son de buen corazón.

—Sí, aunque hubo algún acto de pillaje, sobre todo en la noche de la riada.

—No me sorprende. De mala gente hay en todos los sitios, pero por suerte son una minoría.

Tampoco salió indemne la fábrica Aymerich y Amat, que años después se convertiría, en un lírico homenaje del tiempo, en el Museo Nacional de la Ciencia y de la Técnica de Cataluña. Aneja a la Rambla, la fábrica, que no pudo retomar su actividad hasta diciembre de ese año a raíz de los destrozos, sufrió el hundimiento de casi todos sus muros exteriores y de los tabiques que dividían las naves interiores. Algunos trabajadores se escurrieron por el extremo sur de la nave, pero una pared los aprisionó. Era una verdadera ratonera. Cuando los bomberos, que escuchaban los gritos de angustia, reventaron el muro, algunos operarios se salvaron, pero un par de ellos ya habían perecido ahogados por los dos metros de altura de agua y barro. Muchos de los tejidos vistieron, en una tétrica estampa carnavalesca, los árboles de la Rambla. En otra empresa textil, algunos trabajadores que resistieron colgados de las vigas del techo o subidos a la desesperada encima de las máquinas observaban despavoridos como el embate del agua se llevaba cajas de hilo que superaban el centenar de kilos de peso.

—En el cementerio, los ataques de histeria eran constantes.

—Me lo imagino. Perder a los tuyos de golpe es muy duro.

—Muchos familiares querían abrazar a sus seres queridos, y había que vacunarlos para evitar enfermedades —apuntó una señora de edad avanzada, que debía de ser la abuela de alguno de los estudiantes.

El fútbol de Terrassa también sufrió los efectos del desastre. Además de la sede del Terrassa Futbol Club, el campo de uno de los clubes amateurs de la localidad, el Club Deportivo Kubalas, en la avenida del Pare Alegre, se convirtió en un verdadero cementerio de coches y de objetos. Hasta veinticuatro vehículos se encontraron destrozados en ese terreno de juego. En la Rambla y la Rambleta se amontonaron los restos de cincuenta y ocho coches, dentro de algunos de los cuales se encontraron diversas víctimas, como un matrimonio que dejó huérfanos a tres niños. Las valoraciones se sucedían.

—Cuántas personas desaparecidas y vidas segadas...

—Vete a saber dónde irán a parar los huérfanos de la riada.

—Sí, porque hay mucho descontrol.

—Se ve que hay matrimonios ricos que se ofrecieron voluntarios para adoptar a las criaturas huérfanas.

—Y, algunas, del extranjero.

—Sí, una vecina que trabaja de administrativa en el Ayuntamiento me dijo que habían recibido unas cuantas cartas de personas de otros países ofreciéndose voluntarias para adoptar a algún niño.

—Bonito detalle, pero habría que ir con cuidado y comprobar que alguno de los padres aún estuviera vivo.

—Las prisas no son buenas consejeras...

—¡Tú dirás!

—Además, muchos recién llegados no estaban censados.

—Seguro que de algún fallecido nunca se sabrá nada: ni identidad, ni posibles familiares...

—Nada de nada.

—Eso es muy triste.

—Sí, es una muerte en el anonimato.

Algún conductor salvó milagrosamente la vida al poder arrancar el coche y evitar, por milésimas de segundo, el trayecto de la Rambla y desviarse hacia una calle adyacente. Esa noche, un instante decidía una vida, para bien o para mal. Esa fugacidad de la existencia provocaba escalofríos en la reminiscencia de la tragedia.

—Pues mi marido y yo estábamos de parto y por suerte todo fue bien.

—¡Qué suerte, María!

—Luz en la tragedia.

—Sí, gracias a Dios no todo fueron malas noticias aquella noche. Parí a mi Adán en la carretera de Rubí.

—¡Caramba!

—Sí. Recuerdo que llovía a cántaros, pero con el esfuerzo del parto perdí el sentido. Suerte de mi marido.

—Es que tienes un marido muy majo y muy espabilado.

—Sí, sí, suerte de mi José. Me trata como una reina.

Era María, que había dejado a Adán en el colegio. Con cinco años, sería de los pequeños de la clase en su estreno en Primaria. María, cuya mirada se fundía con los primeros rayos de sol del amanecer, estaba espléndida. Incluso se había pintado de carmín sus frondosos labios. Era algo presumida, y siempre le gustaba estar de buen ver. Muy cerca de ella, Inés, cuya combinación de piel clara y rizos castaños desprendía encanto, la escuchó compungida y esbozó un rictus de dolor interno, callado, disimulado. No osó intervenir y explicar que esa noche se le escaparon para siempre las vidas de Raúl y Pedro. El dolor era demasiado profundo, y no quería romper la magia del recuerdo de María. Para Inés, la riada era muerte; para María, vida. Cada madre emprendió su camino. María, esbelta y escultural, se dirigió hacia su casa del centro; Inés, bonita, pero con poso afligido, emprendió una ruta más larga. Eran caminos dispares de unas existencias bifurcadas por la riada.

IX

—Necesitamos a una mujer de la limpieza, José.

—¿Tú crees?

—Sí, cariño. Tú estás muchas horas en el trabajo y a mí me llaman cada vez más de la fábrica.

—Cierto, guapa.

—Yo ganaría mucho más dinero y así nos podríamos plantear comprarnos un apartamento en Cambrils o en Salou.

María estaba eufórica. Cada vez que Adán la miraba, se la abría un nuevo universo de confeti y de piñatas, de alborozo y de sonrisas. El querubín le daba vida, le daba fe en todo y en todos. Disfrutaba del niño como de un regalo prodigioso, saboreándolo cada segundo, ayudándole en las tareas académicas, acompañándolo siempre que podía. José era feliz proyectándose en María y ese Adán al que salvó del rugido de las aguas. Era una familia sencilla, que se hacía querer. Era una familia cuyo gozo arrancó de las aguas en la noche aparentemente menos proclive a ello. Y era una familia con proyecto, con ilusión. Conseguida la primera vivienda, se planteaban una segunda, para poder acudir a las playas de la Costa Dorada en verano y bañarse de sol y de relax. Era un reto relativamente común en aquella época.

—¿Y en quién estás pensado? —inquirió José.

—Se lo preguntaré a Inés.

—¿Inés?

—Sí, Inés. Es mujer muy maja, más o menos de mi edad, a la que he conocido en el colegio.

—Genial.

—Lleva allí a una niña que creo que es tres años mayor que Adán, más o menos.

—¡Qué bien!

—La niña se llama Laura. Bonito nombre.

—Sí, me gusta mucho.

—La pobre tuvo un niño pocas horas antes de la riada, y me explicó que el agua se lo llevó dentro de una cuna. Su marido también falleció esa noche.

José tragó saliva. Eran demasiadas casualidades. Probablemente ese niño era Adán. O quizá no. Pero, tal como se juró esa noche en la carretera, mantendría el secreto encerrado para siempre.

A la salida del colegio, el corrillo de madres y, de vez en cuando, de algún padre, había establecido vínculos de amistad. A veces iban a tomar un café y se explicaban menudencias y anécdotas del día a día. El trajín con las criaturas se ha modelado con el tiempo, pero existe, y en aquellos años también se producía. Tiempo atrás, María, que era muy curiosa, le había preguntado a Inés sobre su familia y a qué se dedicaba. Ésta le había contado que era viuda, ya que a su marido se lo había llevado por delante la riada. Le dijo que también perdió a un hijo recién nacido esa noche, aunque no quiso entrar en detalles. El dolor al recordar el episodio era intenso. María sintió lástima por Inés, y a la vez, ingenuamente, se sintió privilegiada por disfrutar de Adán. Era un contraste duro e hiriente.

Tras la conversación con José, María deseaba encontrase con Inés y proponerle la colaboración. De hecho, los días en los que podían esperar a los niños para recogerlos, Laura correteaba y jugaba constantemente con Adán. Disfrutaba muchísimo del niño. Le abrazaba, lo arrullaba, le daba besos como una madre... o como una hermana. Laura manoseaba y magreaba al niño, como si de sus adentros brotara una necesidad acumulada en el tiempo, como si intuyera que en ese niño habitaban un pedazo de su alma y un trozo de su corazón. Sobrevolaba entre ambos un aura especial, una conexión sublime. Laura y Adán. Adán y Laura. Dos vidas enhebradas, sin saberlo, desde un milagro de agua y lodo.

—¡Qué majos son! ¡Juegan como hermanos! —exclamó, contenta pero inocente, María.

—Sí, da gusto verlos.

—Parece que se conozcan de toda la vida.

—Sí, hay una conexión total entre los dos. Ojalá fueran hermanos —afirmó ingenuamente Inés.

Mientras los niños jugaban a piedra, papel y tijeras, María aprovechó para proponerle a Inés que la ayudara en las labores domésticas. Le explicó que las colaboraciones con los telares iban en aumento, y que necesitaba ayuda en casa. A Inés le encantó la idea, y se lo agradeció a María con un sincero abrazo. Criar en solitario a una niña no era sencillo, ya que las pensiones por viudedad apenas alcanzaban para los mínimos. Las indemnizaciones establecidas por la Junta de Distribución de Fondos fueron de doscientas cincuenta mil pesetas para los herederos de víctimas que fueran cabezas de familia, y cien mil pesetas para el resto de difuntos que no fuesen cabezas de familiar. El Consejo de Ministros amplió el auxilio en cien mil pesetas más por persona muerta o desaparecida a favor del padre o la madre supervivientes, o ascendientes colaterales que tuvieran a cargo a un desaparecido en caso de víctimas mortales que no fuesen cabezas de familia.

—¡Mamá, mamá! ¿Vendrá Inés a casa?

—Sí, Adán, nos ayudará a mantenerlo todo limpio y ordenado.

—¡Bien!

—Me gusta que te alegre.

—Y Laura, ¿podrá venir algún día?

—Y tanto, cuando ella quiera. Nuestra casa es su casa.

Como impulsado por una fuerza sobrenatural, Adán se abrazó fuertemente a Inés. Sobrecogida, ella también lo abrazó con el mismo ímpetu con el que hubiese agarrado a Pedro si hubiese podido la noche aciaga. Adán se reconfortó en brazos de la que, sin saberlo, era también su madre. Porque Adán era el niño más privilegiado del mundo, hijo de tres madres: Inés, María y el agua milagrosa.

Adán podía ser hijo de Yacuruna, el indomable espíritu del Amazonas que controlaba a los animales del agua y que curanderos y chamanes consideraban poderoso para hacer el bien o el mal. En la noche, Yacuruna navegaba por el río Amazonas a lomos de un cocodrilo negro y gigante y con una boa enroscada en el cuello, a la manera de collar. Ese dios se podía convertir en un hombre atractivo y raptar así a doncellas preciosas, que desaparecían para siempre arrastradas hasta las profundidades. Otra posible progenitora de Adán era Atabey, diosa del mar, de la fertilidad y de la luna de los taínos, pueblo de origen arahuaco, que habitó en las Antillas y en la costa del Caribe. Atabey, personificada como una rana, era el principio femenino del mundo. Fue madre de Yúcahu, concebido sin necesidad de un hombre.

Pero Adán podía tener muchas más madres, como Coventina, la diosa celta de las aguas, la fecundidad y la abundancia, cuyo culto surcó el sur de Francia, el norte de Inglaterra y alguna zona gallega. Gracias al agua de su manantial sagrado, Conventina, santa y augusta para los romanos, curaba, limpiaba, purificaba o fertilizaba. Otra progenitora de Adán podía ser la aimara Amaru, serpiente de gran tamaño en quechua, híbrido con cuerpo de serpiente, alas de águila y cabeza de llama. Amaru, sinónimo de vitalidad, regaba las tierras de cultivo de los peruanos y controlaba el agua que circulaba por ríos, canales y vertientes. Las escamas de Amaru eran un verdadero libro sobre los componentes de la vida. Ameonna, de raíz china, era un espíritu femenino que atraía la lluvia lamiéndose la mano. Nube matinal, lluvia nocturna, designa a quienes arrostran eternamente la lluvia.

Otra posible madre de Adán es Derceto, diosa de la mitología asiria, con forma de pez y cabeza, brazos y pecho de mujer. Se le consagraban los mares y los peces, y se la adoraba en templos con grandes estanques. Representaba la fertilidad en la naturaleza. Las culturas griega y romana la consideraron una divinidad fecundadora y creadora de todo, y la identificaron con Rea-Cibeles y Afrodita. En cambio, Watatsumi, el viejo hombre de las mareas en el sintoísmo, lideraba a los dioses marinos y dominaba a peces, mareas y a quien nadara en el mar. Dragón de color verde, muta en un anciano con agallas. Váruna es, en el hinduismo, el dios del océano, transportado por un cocodrilo. Mama Cocha, en quechua, es la madre de las aguas: del mar, la marea, fuentes, lagos y ríos. Calmaba las aguas bravas y optimizaba la pesca, amén de representar la feminidad y el equilibrio al mundo. Yemayá es la divinidad nigeriana de la fertilidad, ligada al mar, los ríos y todo cuerpo de agua. Airón, el de las aguas subterráneas, los pozos y las lagunas, concitaba el culto en

Hispania. Deidad del inframundo, controlaba el agua y creaba vida, pero también representaba la muerte al quedar las almas de los fallecidos atrapadas en las profundidades. Agua, vida y muerte. La trilogía de la riada.

Mientras caminaban hacia su hogar, Inés y Laura, cogidas de la mano, celebraban la suerte de quererse y de tenerse. La sintonía con María y Adán era transcendente. Cada vez que compartían un ratito con Adán, se colmaban de paz y de amor. Era una dosis que, no sabían cómo ni por qué, ambas necesitaban, a la que se aferraban. Adán era un bálsamo para sus ánimas, un alivio para la espina clavada en un torrente sin escrúpulos. Un dios ignoto y misericordioso, o muchos dioses, las guiaban, a través de la pureza del infante, hacia sus raíces y su pasado, y les concedían una vida que también les pertenecía.

X

—¡Por fin! ¡Ya soy maestra, mamá!

—¡Felicidades, hija mía!

—¡Muchas gracias! Todo es gracias a vosotros.

—Nada, nada, es mérito exclusivamente tuyo.

Verónica estaba en la gloria. Tras tres laboriosos años empapándose de materias diversas, de metodologías didácticas, de métodos de aprendizaje, de habilidades comunicativas, de filosofía, ética y educación moral, de psicología y sociología educativas, de lengua, matemáticas, historia, educación física y ciencias, la efervescente Verónica había pergeñado una formación sólida para cumplir su sueño profesional: enseñar a niñas y a niños, ser maestra.

Se inscribió en las listas de sustituciones. Como se daba una coyuntural falta de profesionales en muchos centros, especialmente en los de ciudades industriales y en pleno crecimiento demográfico como Terrassa, enseguida la convocaron desde la territorial del Área de Enseñanza, mediante una llamada telefónica, para cubrir una vacante en una escuela céntrica de la ciudad, aneja a un instituto. Fue llegar y besar el santo. La víspera de su estreno como profesora, Verónica era un verdadero manojo de nervios. Sus padres la intentaban calmar y le insuflaban ánimos.

—¡Tú tranquila, hija! Eres un encanto y ya verás como los niños te adorarán —la estimulaba Remedios.

—¡Claro que sí! ¡Qué orgulloso estoy de mi Verónica! —espetaba Manuel.

—¡Muchas gracias! A ver si me tomo una tila porque creo que no podré dormir en toda la noche —bromeaba la chica.

Ambos eran felices observando cómo su hija ya era una mujer hecha y derecha, con las ideas muy claras y un proyecto de vida. Quedaban lejos los traumáticos días posteriores de la riada y a la pérdida de Sabrina. Les sorprendía un poco que no les comentara nada sobre chicos, aunque tampoco corría prisa. Ya encontraría, tarde o temprano, a esa media naranja que la colmase. Al menos, así lo pensaban ellos.

Tras una cena ligera y mediterránea, Verónica se retiró a descansar a su dormitorio. Para ella, era una noche importante, puesto que al día siguiente se materializaría uno de sus sueños. Y quería compartir de forma especial esa dicha con su adorada Sabrina. Siguiendo la ceremonia de cada noche, se puso el pijama de algodón y se sentó en la zona superior de la cama, con la espalda descansando en el cabecero. Extrajo de la mesita de noche la fotografía del amor de su vida. Con el retrato en las manos, resiguió con su dedo índice el cabello, el rostro y el cuerpo de su amante. La imagen de papel devino un *boudoir* que sintetizaba toda la sensualidad y la delicadeza de Sabrina. Esta vez, Verónica dio un respingo desde el somier y se encaminó a su tocador. Sentada ante el espejo, cogió un pintalabios rojo intenso y, evocando el inolvidable episodio en el que de adolescente pintó los labios de Sabrina, se coloreó los suyos. Volvió a la cama, donde esperaba pacientemente Sabrina, risueña, suspirando en el blanco y negro del retrato. Con ojos vidriosos, Verónica se acercó a los labios de Sabrina, y la besó.

—Gracias a ti estoy haciendo realidad mis sueños, Sabrina. Te quiero y te querré siempre —le murmuró al oído. Le pareció que de los ojos de Sabrina brotaba una lágrima de emoción y amor. Acaso era una lágrima de ambas, unidas por el misterio de un destino que no entendía de corporeidad ni de tiempo.

Para Verónica, caminar y practicar deporte formaba parte de su razón de ser. El hecho de poder acudir a la escuela sin necesidad de un medio de transporte ajeno le encantaba. Como en la zona se habían levantado dos escuelas tras la riada, y además se erguía un instituto, para disipar dudas le preguntó a un elegante señor que esperaba de pie, café en mano. La bebida debía de estar muy caliente, ya que dibujaba un inconfundible hilillo de vapor.

—Perdone, ¿la Escuela Francia es aquella de allí?

—Sí, es aquella.

—¡Gracias!

—¿Eres profesora?

—Sí... Bien, me estreno en unos minutos.

—¿Sí?

—Sí. Estoy muy nerviosa. Debo de hacer cara de profesora novata. Se debe notar, ¿verdad?

—Un poco. A mí me ocurrió lo mismo, aunque con la diferencia de que hace ya unos cuantos años —sonrió, atusándose las abundantes canas.

—¡Qué gracia!

—Sí. Doy clase en este instituto.

—¡Qué bien!

—Me llamo Javi. A tu disposición para lo que quieras.

—¡Muchas gracias! Yo soy Verónica.

Se dieron la mano y cada uno emprendió su camino hacia las aulas. La Escuela Francia se edificó gracias a la aportación solidaria del gobierno francés a raíz de la riada, omnipresente en el día a día de la ciudad. En agradecimiento, Terrassa le asignó ese nombre. A Verónica, Javi le pareció un hombre atractivo, distinguido, intelectual y muy amable. Le transmitió confianza y calidez para afrontar con una sonrisa de oreja a oreja la primera clase como maestra. Caminó por una acera ascendente unos metros, y alcanzó la entrada de la escuela, jalonada por una valla y con un gran solar delante, poblado de hierbas y flores comunes. De paredes grisáceas y ya algo resquebrajadas, con suelo de un cemento salpicado de escasos y solitarios árboles, la escuela era amplia, dividida en dos edificios. A uno de ellos se adosaba la clásica casita del conserje. En aquellos tiempos, algunos conserjes residían en viviendas integradas o anexas a las escuelas públicas, y se les cubrían los suministros básicos. Verónica superó unos cuantos peldaños, pero, justo en el último, tropezó ligeramente. Una niña, que caminaba a su lado, se percató de ello y, cogiéndola por un costado y situando la mochila como colchón, la ayudó a mitigar los efectos de la caída. No obstante, la novel profesora sufrió un rasguño en la rodilla.

—¡Qué patosa que soy!

—No se preocupe.

—Las medias que estrenaba hoy ya estarán para tirar.

—Es una lástima, pero no se preocupe.

—Niña, muchas gracias por agarrarme.

—De nada.

—¿Cómo te llamas?

—Laura, me llamo Laura. ¿Y usted?

—Trátame de tú. Soy Verónica y es el primer día que daré clase.

Las madejas del destino son inescrutables. A Verónica le correspondía la clase de Cuarto B, justo el curso de Laura. Tras presentarse ante el director, en un adusto pero ordenado despacho, y tras recibir las indicaciones oportunas, Verónica entró en el aula, no sin antes haber tragado saliva. Las pulsaciones se le habían disparado. Los nervios se disiparon cuando los primeros ojos en los que se reflejó fueron los de Laura.

—¡Laura! ¡Qué casualidad!

—¡Sí!

—¡Seré tu profesora durante un tiempo, Laura!

—¡Qué bien!

Era la mejor manera de estrenarse como docente. En el aula, de forma cuadricular, remozada de blanco y trufada de un ejército de pupitres individuales, los alumnos analizaban expectantes a su nueva profesora. La voz aterciopelada de Verónica, su fragancia de bergamota y su mirada noble y penetrante hipnotizaron a los estudiantes. En pocos minutos la profesora se sintió desenvuelta en su rol, y se convenció de que había elegido el camino acertado. Disfrutaba enseñando, y hacía disfrutar. Era la mejor fórmula para gestionar armónicamente una clase.

XI

—¿Pero qué hacéis? ¡Dejad a Adán en paz!

—¡De qué va esta niñata?

—¡Niñatos, vosotros! ¡Largo de aquí, idiotas!

—¡Vamos, vamos, que esta imbécil aún nos meterá en líos!

—Sí, largaos de aquí, ¡cobardes!

Laura, a sus diecisiete años, era una chica dotada de tanta belleza como fortaleza y temperamento. Como pudo, arrancó a Adán de la turba de estudiantes que lo estaban apalizando en un rincón del patio del Instituto. También se intentaron cebar con ella, aunque los gritos de alarma los ahuyentaron.

—¡Adán, madre mía! ¿Qué te han hecho esos bestias?

—¡Gracias por ayudarme, Laura!

—Pobrecillo... Cómo te han dejado esos salvajes.

—No te preocupes, Laura. Estoy bien. Me duelen un poco los huesos, pero estoy bien.

—Esto no quedará así, te lo digo yo.

Adán, que estaba temblando y en posición fetal defensiva, sufría contusiones por diversas partes del cuerpo. Le habían propinado puñetazos en el rostro, en el estómago y en las extremidades, y algún arañazo en los brazos y en las manos, probablemente por el acto reflejo de defenderse. Los agresores parecían de Primero o Segundo de Bachillerato. En aquellos tiempos eran más o menos habituales las novatadas, herederas de la tradición del servicio militar, aunque cada vez se perseguían más. Adán, un adolescente de catorce años, se resistía a llorar, pero no podía evitar que unas lágrimas de dolor y enojo descendieran por sus mejillas. Laura lo abrazó, en un gesto maternal, o fraternal. Se creó, en ese arrullo, un hálito de cariño contenido en el tiempo.

—Tranquilo, Adán, no te preocupes. Tranquilo —le susurraba Laura al oído, convirtiéndose en su mayor calmante. Adán se sintió reconfortado y querido, en uno de esos lances que se conservan como recuerdo consolidado a lo largo de la vida. Además, Laura ya era una mujer, para muchos escultural, y Adán, pese a estar concentrado en minimizar y canalizar los daños físicos sufridos, disfrutó del calor y la ternura que su protectora, cuya fragancia era una mezcla de bálsamo y excitación.

Algunos profesores acudieron a socorrer a Adán. El chico trataba de quitarle hierro a la agresión, pero Laura la contó con el máximo detalle posible. Identificó a algunos de los autores, y el Instituto tomó las medidas disciplinarias correspondientes. Laura era valiente, porque no temió los probables deseos de venganza de la cuadrilla de agresores.

Como el episodio ocurrió durante la hora del patio, Laura quiso acompañar a Adán al centro de asistencia primaria, junto a un profesor de guardia. Intentaron disuadirla, pero Laura insistió.

—Es que Adán es como un hermano para mí. Si quieren, llamen a su madre o a la mía, que son grandes amigas, y lo comprobarán.

—Ya las hemos llamado, pero no hemos localizado a ninguna de las dos —respondió, con voz hierática e inexpresiva, una de las adustas secretarias del centro. Mediante el teléfono fijo no era sencillo localizar a alguien, incluso en aquellos tiempos. Solo que las madres de Laura y Adán estuvieran fuera del hogar o del puesto de trabajo, era misión casi imposible.

—Por favor, que venga conmigo. Necesito que Laura venga conmigo —suplicó Adán, con un tono que conmovió a los profesores.

—Dejad que venga. No pasa nada —resolvió Javi.

El profesor de Lengua estaba de guardia, y llevó a Adán al ambulatorio. Laura, que sentía devoción por las lenguas y la literatura, le agradeció el gesto al docente, y pudo escoltar a Adán.

—Es que, si no le hubiese podido acompañar, me hubiese quedado sin uñas —apostilló la chica.

De hecho, el centro sanitario estaba muy cerca del Instituto. Básicamente había que atravesar la Rambla, de anchura generosa, y caminar unos trescientos metros, antes de superar el puente del ferrocarril. Era un trayecto en el que aún palpitaba el recuerdo de los gritos de pavor de pocos años atrás. Era un trecho en el que el barro y el agua se habían llevado consigo decenas de ilusiones y de proyectos.

Mientras caminaban hacia el ambulatorio, Laura abrazaba a Adán. Era una situación extraña: el abrazo parecía fraternal, pero la escena se hubiese podido interpretar en otros términos. Además, Adán, por altura, superaba en algunos centímetros a su protectora, de forma que, a ojos exteriores, podían pasar perfectamente por una pareja de adolescentes. Javi, más pendiente del estado físico de Adán que de otros menesteres, no prestó atención al detalle. La chica, optimista de raíz, le iba dando conversación a Adán, para evitar que éste se obsesionara con el reciente altercado y para insuflarle todos los ánimos que podía.

Una vez en el ambulatorio, los facultativos atendieron a Adán eficientemente. En las heridas que sangraban, que eran unas cuantas, las enfermeras detuvieron la hemorragia presionando mediante una gasa sobre la lesión. Luego las limpiaron con agua y jabón, partiendo desde el centro hasta los bordes. En alguna, aplicaron suero fisiológico. Adán aguantaba el dolor apretando la inseparable y sedante mano de Laura. Tras ello, con las heridas limpias, le aplicaron un antiséptico. Con el agua oxigenada, se prevenían posibles infecciones. Le colocaron los correspondientes apósitos, y con ello acabó el tratamiento. No obstante, en las magulladuras le pusieron unos apósitos con hidrocoloides. Así evitaron posibles infecciones y disminuyeron el tiempo de cicatrización. Para los hematomas, le aplicaron una pomada con el fin de favorecer la circulación de la sangre y la reabsorción.

Entra una cosa y otra, al salir del centro médico ya era casi la hora de acabar en el Instituto. El profesor, Javi, que estuvo muy amable animando a los jóvenes, les indicó que podían irse directamente para casa. Como la de Laura estaba muy cercana y a Adán le venía de paso, éste la acompañó.

—Laura, muchas gracias por todo lo que has hecho.

—De nada, Adán.

—¡Eres genial!

—¡Cómo exageras, majo!

—Porque eres mayor que yo, porque, si no, te pediría comenzar a salir ahora mismo.

La chica rio a carcajadas, mientras besaba a Adán en la frente. De tez morena, ojos que mezclaban el verde y el azul, largas pestañas, cabello castaño y algo ondulado, algún gracioso lunar en sus mejillas y unos labios muy carnosos para ser un chico, Adán presentaba una complexión bastante fibrosa para su edad. Tanto es así que quien no lo conocía le hubiese asignado mayor edad de la que tenía en realidad.

—¡Tú sí que eres genial! Cuídate mucho y nos vamos viendo por el Instituto.

XII

Inés dejó en el sofá su modesto abrigo y el bolso de color marrón. El piso de los Gómez Silva era un hogar en mayúsculas. Tres habitaciones amplias, un comedor rectangular y muy iluminado, unos lavabos generosos en espacio y una cocina de ensueño. En la cocina reinaba el orden, la meticulosidad, en una especie de proyección inconsciente del yo de sus moradores. Disponía de una encimera donde se podían resolver los ágapes de forma eficiente. Los fogones eran de última generación. María los debía de limpiar con esmero, puesto que lucían niquelados. La canilla del fregadero se erguía vigorosa, con aires de orgullo, reclamando una cuota de protagonismo difícil de lograr con tanta competencia directa e indirecta. Incluso disponía de un protector para salpicaduras, donde, analizando con detalle y a gran proximidad, se podían detectar microscópicas salpicaduras recientes de alguna salsa que debía de contener tomate. De las estanterías colgaban cazuelas y ollas, relucientes y de medidas variables, pero alineadas de forma casi artística. Sí, se asemejaban a un diseño arquitectónico en miniatura. En la mesa reposaba una cafetera ya veterana, a tenor del toque negruzco de su embocadura. Los armarios cobijaban vajillas de dos tipos: una que parecía más de batalla, básica y blanca, y otra reservada para las grandes ocasiones, ornamentada por una combinación cromática seductora y original. El horno estaba pulcro, hasta el punto de que la sensación es que no se necesitaba a alguien para reforzar la limpieza.

—María es muy cuidadosa —murmuró Inés suavemente, boquiabierta en su estreno en la casa.

La sorpresa para Inés llegó con los anaqueles de la despensa, un cuarto de tamaño reducido, pero en el que se concentraban las raciones suficientes como para pasar unas semanas sin necesidad de abastecimiento. Botellas de aceite de oliva virgen y de vinagre, latas de atún, sardinas y frutas en almíbar, tentadoras cajas de galletas de chocolate, pequeños botes que contenían especias diversas y un cesto en el que se acumulaban patatas, cebollas y cabezas de ajo. En una caja de madera, Inés observó una amalgama de naranjas, limones, mandarinas, manzanas rojas y verdes y un par de plátanos, e imaginó la sabrosa macedonia que podrían llegar a hacer tanto ella como Clara, la cocinera australiana de la que le había hablado María, a la que ésta, de vez en cuando, con una frecuencia menor de la que querría, visitaba en Les Fonts, cogiendo los Ferrocarriles Catalanes. "Si voy alguna vez a verla, le preguntaré sobre posibles innovaciones culinarias con frutas", pensó.

A Inés le costaba no asociar lugares y momentos con la infausta riada, grabada a fuego en su mente. La noche de la tragedia, en la línea de los Ferrocarriles Catalanes, un tren había partido desde Barcelona, en la Plaza Cataluña, hasta Terrassa. Se preveía su llegada a las diez de la noche, justo en pleno vendaval de lluvia y barro. El maquinista, alarmado por el temporal, decidió detener el convoy medio kilómetro antes de la estación, ante la sorpresa del centenar de pasajeros. Cruzó el puente entre Les Fonts y Terrassa, con la suerte de que se hundió poco después. Ya cerca de Terrassa, los relámpagos iluminaron la horrible marea de personas, vehículos y troncos arrastrados por la riera. El tren se detuvo, y con ello salvó un centenar de vidas. Los vagones habían descarrilado y se balanceaban al son del agua, pero la decisión de quedarse en el interior resultó acertada. Tras la medianoche, y en un entorno más calmado, los pasajeros abandonaron el tren. Algo parecido aconteció con el ferrocarril de la Renfe. Los maquinistas lo detuvieron en Ca n'Anglada, a poca distancia del puente que atravesaba la riera de Las Arenas. Más de trescientos pasajeros prolongaron sus vidas gracias a esa determinación, ya que poco después el puente saltó por los aires. Inés suspiró pensando en la aleatoriedad de la fortuna, y sus ojos se humedecieron. El vuelo de una insistente mosca la ayudó a olvidar ese fugaz recuerdo.

Cuando acabó de limpiar la cocina, Inés abrió ligeramente la ventana para que la estancia se ventilase. Se dirigió al comedor y comenzó a sacar el escaso polvo de los muebles y de la mesa principal, que era de roble, señorial y resistente. Tras la tarea, en la que no ahorró esfuerzos, se sentó unos segundos en el sofá, para tomarse un merecido descanso. A pocos centímetros, en una mesita, se fijó en la fotografía de familia, en blanco y negro. María, José y Adán sonreían. Estaban radiantes, y sintió una sana envidia. Los apreciaba mucho, y la ayudarían con algunas pesetas por la limpieza. Con todo, no podía dejar de recordar a Raúl y en Pedro. Se consoló pensando en Laura, que se había convertido en un vendaval. Con ideas claras, preciosa, de valores profundos y una bondad que le recordaba a su difunto marido. Entonces, le brotó un poso de nostalgia. No había estado con ningún hombre desde la noche aciaga. Ni se lo planteaba. Observó a José. Delgado, con porte atlético, era moreno. De grandes ojos, nariz discreta y barba de pocos días, resultaba atractivo. Entendió por qué María estaba siempre tan risueña. "Y, encima, por lo que me dice María, es muy trabajador y trae un buen sueldo a casa", se dijo.

Tras el breve receso, Inés acometió la limpieza del televisor y las vasijas y los jarrones del mueble principal del comedor. De uno brotaba un abundante ramo de flores secas. Sobresalía una rosa, que proyectaba simbolismo de amor perpetuo. El ramo era un cuadro de pintura multicolor: los crudos blancos y beis del trigo, la avena y la planta del algodón, los ocres de la siempreviva, el verdor empalidecido del eucalipto, hasta el burdeos y azul polvoriento de unas tímidas florecillas o el bermellón de la craspedia. Clara, en una maceta de su bar, también había plantado la craspedia, porque le explicó que era nativa de Australia y Nueva Zelanda. En ese momento, Inés escuchó el tintineo de unas llaves. Una se peleó con la cerradura, y, a renglón seguido, la puerta de entrada al piso se abrió.

—¡Inés, guapa! ¿Qué tal? ¿Cómo te ha ido el estreno? —preguntó María, sonriente.

—¡Pues muy bien!

—¡Me alegro!

—¡Tenéis un piso precioso!

—¡Qué exagerada!

Ambas comentaron las virtudes de la vivienda, sus lugares más recónditos y los más complejos de limpiar. Inés emprendió ruta hacia su piso, mucho más austero. Añoraba a Laura y ansiaba explicarle ese primer día en una especie de paraíso entre el cemento de una ciudad que crecía intentado olvidar las ruinas existenciales de unos años atrás.

XIII

—Una pregunta, Cristina. ¿Tú te plantearías salir con un chico dos o tres años menor que tú?

Laura llevaba unos días algo inquieta. Intranquila. Cada vez pensaba más y más en Adán. El chico era majo, fuerte y a la vez fino, de mirada honesta y mejillas sonrosadas. Pero Laura, más allá del físico, sentía algo más. Sentía una necesidad superior de estar con él, de acompañarlo, de abrazarlo. El día que no se veían en el Instituto se le hacía eterno. Era un magnetismo que Laura jamás había sentido, y eso que no eran pocos los mozarrones que se le acercaban y la miraban embelesados. Laura advertía que se estaba enganchando a Adán. Era inicialmente un deseo maternal, pero había derivado en una atracción que comenzaba a confundirla. Al principio, no le dio más trascendencia. Pensaba que era aún un niño. Pero Adán ya era adolescente, y ella, cuando le cogía de la mano y cuando lo cuidaba, comenzaba a experimentar cosquilleos, latidos acelerados y deseo. Sí, incluso intentó luchar contra ello los primeros días y las primeras noches de insomnio, pero cuanto más lo intentaba más se acrecentaban sus sensaciones.

La tarde en la que Adán le dijo que, si no fuese porque ella era mayor, le propondría salir con ella, se quedó pensativa. Barruntó y barruntó, sin almohada a la que consultar. Cristina, una chica de media estatura, de cabello claro tendente a rubio y complexión gruesa, era su mejor amiga, pero no una confidente. La independencia y el espíritu libre de Laura tenían ventajas, pero también el inconveniente de no poder consultar según qué.

—A ver, depende de muchos factores.

—Claro.

—Si te enamoras, debes seguir lo que te diga el corazón.

—Ya.

—¿Por qué me lo preguntas?

—Por curiosidad.

—¡Venga, venga!

—¡Que sí, malpensada!

—¿Te has enamorado de un chico menor que tú? —preguntó, esbozando una pícara sonrisa, Cristina.

—No, no es eso. Es que el otro día, en un programa de radio, debatieron sobre eso y pensé lo que yo haría en un caso como ese —desvió Laura.

Laura era decidida, pero por primera vez en mucho tiempo dudaba. Dependía del momento, del flujo del aire o de la intensidad del sol. Por un lado, en su vertiente optimista, se convencía de seguir la ruta del corazón, sus instintos; por otro, cuando recordaba a su padre y a Pedro, cuando descubría una mirada lánguida en Inés, o cuando algún evento del día a día no había funcionado, descartaba lanzarse a una aventura de consecuencias imprevisibles.

Laura tomó una decisión a raíz de un ejercicio que tuvo que resolver en una asignatura del Instituto, precisamente la que impartía Javi. Era un trabajo hemerográfico sobre el día después de la riada, catástrofe que estaba aún candente en la ciudad. Esa cicatriz nunca se borraría del todo, aunque el tiempo la iría mitigando y difuminando en el laberinto de la memoria.

En el escrito, Laura recogió las reacciones del día siguiente, que combinaron el dolor, la indignación y la desorientación, encarnada en el millar de terrassenses que se quedaron sin hogar. Las escuelas y la universidad no funcionaron, y las tareas de la mayor parte de la población se concentraron en recuperar cadáveres y desescombrar. Algunos de los que realizaron esa tarea y estuvieron en contacto con los cuerpos en descomposición sufrieron enfermedades, como la hepatitis. Los restos de animales diversos se enterraron en cal viva, para evitar posibles epidemias. Un perrito, que sobrevivió al desastre, creó una campaña solidaria al aparecer en prensa, en una fotografía. De hecho, los medios de comunicación nacionales e internacionales se hicieron eco de la catástrofe. Radio Barcelona, Televisión Española y una conexión con Eurovisión para informar de la tragedia a Europa convirtieron al Vallés en epicentro periodístico. En prensa, las primeras noticias aparecieron en los periódicos de la tarde del 26 de septiembre (*La Prensa* y *El Noticiero Universal*), pero en los días siguientes proliferaron en los principales diarios internacionales. En la sede de la Organización de las Naciones Unidas, en Nueva York, se guardó un minuto de silencio en memoria de las víctimas dos días después de la tragedia. Numerosos jefes de Estado y de Gobierno, como el estadounidense John Fitzgerald Kennedy o la reina Elizabeth II de Inglaterra, enviaron testimonios de condolencia y solidaridad. Los príncipes de España, Juan Carlos de Borbón y Sofía de Grecia, visitaron Terrassa el 30 de septiembre. El 1 de octubre fue declarado día de luto oficial en España, como fecha de oración y recuerdo para las víctimas de la catástrofe de la provincia de Barcelona. El Generalísimo Francisco Franco visitó Terrassa el 2 de octubre. Se declaró día de fiesta en escuelas y empresas. Hasta el 10 de octubre no se restableció el servicio ferroviario de los Ferrocarriles Catalanes entre Barcelona y una apeadora provisional en Terrassa, y el 16 de octubre se recuperó el servicio de Renfe en la línea de Barcelon-a a Manresa y Lleida, aunque gracias a un frágil puente provisional, de una sola vía. El domingo 4 de noviembre se desencadenó una nueva riada, pero más moderada que la anterior y con la ventaja de producirse durante el día. No obstante, algunas casas quedaron destruidas, así como el puente provisional de la Renfe. En los Ferrocarriles Catalanes, un tramo de dos kilómetros entre Les Fonts y Terrassa quedó inutilizado. El 7 de noviembre, llovió sobre mojado y la riada acabó de hundir algunas viviendas ya desgastadas por efecto de los anteriores temporales.

El día de Navidad, una gran nevada cubrió Terrassa con una capa blanca de más de setenta centímetros, en un lírico guiño del cielo. El 18 de junio de 1963 Franco regresaría a Terrassa, en clave triunfalista. El trasvase de la riera del Palau, cuyas obras finalizaron en septiembre de 1966, resolvió el peligro de inundación en la Rambla. Laura, Adán y el resto de terrassenses podían respirar más tranquilos, aunque cada vez que una nube negra asomaba por Sant Llorenç del Munt los corazones se aceleraban y las pupilas se dilataban olfateando el peligro.

Precisamente tras elaborar ese ensayo, Laura se convenció de la volatilidad del todo y de la nada. Adán —así se lo explicaron José y María— había nacido esa noche de muerte. Era el oxímoron de la riada, un homenaje a la vida. Esa vitalidad y ese simbolismo de Adán la estaban enamorando. Laura pensó en La creación de Adán, el fresco de Miguel Ángel Buonarroti en la Capilla Sixtina. Siempre le habían llamado poderosamente la atención esas manos cercanas, pero que no llegaban a tocarse. Pensaba en las manos que no llegaron a asirse en la lucha contra la corriente, en las manos que, agarradas, se separaron por la fuerza de la naturaleza, o en aquellas que se aferraron a cualquier objeto elevado (un árbol, una farola, un monolito...) en una reptiliana y desesperada oda a la supervivencia.

En una clase de Historia del arte, una profesora les interpretó que, si el humano deseaba tocar a Dios, necesitaría estirar el dedo; al no hacerlo, podría estar toda su vida sin buscarlo. La última falange contraída del dedo de Adán era una metáfora del libre albedrío, y a ello se abonaba Laura. Quería disfrutar de los placeres de la vida, aunque eran prohibidos, como la manzana de Adán y Eva. Adán. Siempre Adán. Adán al despertar, Adán al mirar al espejo, Adán al llegar al Instituto, Adán en el patio, Adán en un tramo del camino de vuelta a casa, Adán al desnudarse, Adán el cerrar los ojos, Adán en su intimidad...

Entonces, Laura pensaba en el fresco italiano, en el paralelismo entre el creador y la criatura, un creador con barba y túnica púrpura, y su brazo izquierdo alrededor de una figura femenina (acaso Eva, aún no creada, esperando en el cielo un lugar terrenal), y con el brazo derecho estirado, intentando infundir vida al dedo de Adán. Laura se sentía dichosa por poder disfrutar de los dedos y de las manos de Adán, el del brazo izquierdo en idéntica posición al de Dios. Para Laura no existía mínima distancia: sus dedos se acariciaban, al principio inocentemente, desde hacía unas semanas de forma más seductora.

Para Laura, cuya creatividad en las elucidaciones era incontrolable, Adán había nacido la misma noche que Pedro fue devorado por las aguas, de manera que podía ser una resurrección, una llamada del cielo, una señal del destino, un mensaje enviado por los dioses.

Ella era la elegida para cuidar de Adán. Y ahora había llegado el momento de entregarse a él. Como la tela roja que circunda a Dios en la pintura de Miguel Ángel presenta la forma de útero humano, una suerte de manto uterino, y el pañuelo de color verde se asemeja a un cordón umbilical recién cortado, la escena de la Creación podría ser una representación del nacimiento tangible del hombre. Por eso el ombligo de Adán, creado y no nacido de un vientre, es sorprendente. La costilla adicional oculta de Adán representaría la costilla de Eva, mensaje transgresor de la tradición católica, para la cual Eva fue creada después de Adán. Laura quería ser la Eva de Adán, y tanto le daba que ella hubiese sido creada antes que él.

XIV

Al dejar su abrigo y su bolso reposando sobre el sofá, los ojos de Inés se fueron directamente a la fotografía de José. Había pensado en el retrato las noches anteriores. Ella se había autoimpuesto una fidelidad eterna hacia Raúl, el padre de sus hijos. Pero Inés era aún joven, treintañera, y sentía los impulsos que mezclan la carne y el corazón. En el retrato, le encontró a José un cierto aire a su ex marido: el tono de la piel, la mirada, incluso ligeramente el cabello. Inés suspiró profundamente y cerró los ojos.

Tras proceder a la tarea doméstica, Inés se acaloró. Estaba sudando, hasta el punto de que algunas microgotas chisporroteaban en diversas zonas de su frente. La temperatura exterior había ascendido, y en el piso aún más, ya que estaba orientado a pleno sol. Era cerca de mediodía. Como María le había comentado que llegaría al cabo de una hora, Inés decidió darse una ducha. Cuando entró en el lavabo, se quitó los zapatos y los dejó en la entrada. Se despojó de su blusa y de sus pantalones, tan ceñidos que aumentaban su sensación térmica. Luego, se desabrochó los sostenes y deslizó suavemente sus braguitas. Desnuda, estaba a punto de introducirse en la ducha cuando la asaltó un pensamiento libidinoso que la excitó y la comenzó a humedecer.

Aunque era muy formal, Inés se entregó a la fantasía que le dictaba su imaginación. Desnuda, paseando sus seductoras curvas y su piel satinada, se dirigió al comedor y tomó el retrato donde aparecía José. Alguna noche había estado tentada de entregarse, en solitario y entre sus sábanas, al marido de María. Pero se había contenido, a causa de un quizá irracional sentido de culpabilidad o de un atávico sentido de fidelidad. Inés regresó al baño. Justo cuando estaba a punto de entrar en la ducha, se le ocurrió una idea mejor. "En la bañera será más excitante", pensó. Situó la fotografía en un rescoldo donde, estirada, la podía observar perfectamente, y abrió el grifo. Brotaba el agua caudalosamente, y ello la inquietó. Aún asociaba esos chorros a los gritos espeluznantes de quienes eran arrastrados por la riada, a la espesura de un barro negruzco, a ese brazo de Raúl y a ese canasto en el que Pedro se entregó al mar.

Su mente se dirigió al vidrio translúcido del lavabo para imaginar la alegría del sol y las ramas danzando al viento. Inés se miró en el espejo del lavabo y se sorprendió de la tersura de su piel, nívea y apenas castigada por el tiempo. Esa palidez le encantaba a Raúl. "Así te veo a oscuras y te encuentro cuando quiero encontrarte", le decía con frecuencia su ex marido.

Después de vacilar durante unos segundos, acaso un minuto, Inés resolvió darse un homenaje. Su piececito izquierdo acarició el agua, que estaba a la temperatura adecuada: tibia, tirando a caliente. Entró en la tina, y se estiró. El contacto con el agua la relajó. Apagó sus ojos y comenzó a masturbarse, pensado en José. Periódicamente, los abría para admirar los ojos de su amante, porque ella lo consideraba así. Ella sería para siempre de su Raúl, pero necesitaba a alguien terrenal, a alguien que estuviera vivo y la hiciese sentir viva. Con la puerta del lavabo ajustada, se sentía segura, en paz, entregándose a un placer que no conocía desde hacía años.

Sus suspiros, el chapoteo del agua y el sonido del viento que se filtraba ligeramente en el exterior no le permitieron escuchar el movimiento de llaves. Alguien había entrado al piso. Sí que le pareció intuir unos pasos acercándose al baño. Cuando escuchó el chirrido de la puerta, se giró.

—¡José!

Era José, al que podía admirar en el blanco y negro de la fotografía y al natural. De hecho, nunca antes lo había visto en persona, ya que su contacto era con María y con Adán. Más empalidecida que nunca, Inés se protegió su sexo con las manos, instintivamente. Estaba bloqueada, avergonzada y sin palabras. José, que había regresado de improviso porque un compañero de la empresa había extraviado unas llaves de las que solo él conservaba una copia, se le acercó. De hecho, quedó prendado de su belleza, de su pureza. Adivinó que había colocado el retrato en esa posición para darse placer pensado en él. Y, con una rapidez de reacción asombrosa, pensó que el azar le brindaba una oportunidad única de cerrar el círculo del agua. Inés, en el fondo, era la mujer que le había regalado un hijo. Era la madre de su hijo. Y José le estaba y le estaría siempre agradecido. Ella no era consciente de esas circunstancias, que José jamás le revelaría. Pero lo que sí podía hacer el actual padre de Adán, el padre del Pedro de Inés, era recompensarla dándole el placer que ella requería y, con suerte, el hijo que ella aún tenía pero que pensaba haber perdido en la negrura de una noche de truenos y relámpagos.

Sin dilación, José se despojó de su ropa, ante la sorpresa de una Inés absorta. Se lanzó a la bañera y la besó como un desesperado, fundiéndose con el blancor de esa piel tan sedosa y mojada. Cuando se percató de que Inés, excitada, abrió al máximo sus piernas, entendió que era el momento de envestirla. Así lo hizo, nada más percibir que su miembro estaba dispuesto. Los gemidos de Inés hicieron sentir a José especial, y lo calentaron hasta el extremo. El ritmo de las penetraciones iba al compás de los gritos de placer de Inés, que le clavaba las uñas por la espalda para aferrarse más a su amante y le incitaba a poseerla salvajemente.

—¡Sí, sí, sigue, sigue!

—¿Te está gustando?

—¡Sí, sí! ¡Me encanta!

—¡Genial!

—¡Por favor, así, así! ¡Sigue así!

José continuó hasta que su deseo se derramó en las entrañas de Inés, cuyo orgasmo retumbó en todo el piso.

—Ha sido genial, Inés. Espectacular —le susurró al oído—. Te mereces esto y mucho más —añadió. Eran las primeras palabras que Inés escuchó del segundo hombre que le había hecho el amor. José se alzó, se secó con una toalla y se comenzó a vestir, visiblemente satisfecho.

—¡Rápido, rápido, que en un rato llegará María! —alertó Inés.

Raudo, se calzó los zapatos y de abrochó el cinturón. Inés también se secó y se vistió con la máxima rapidez posible. Aún jadeaba ligeramente, aunque iba recuperando su ritmo de respiración convencional.

—Me voy a la empresa, que me están esperando. Lo de ahora ha sido fantástico, pero no ha ocurrido, ¿vale? Si María lo supiera, le destrozaríamos la vida.

José besó en los labios a Inés, se dirigió hacia la puerta, la abrió y se marchó. Inés se quedó pensativa, entre perpleja y aliviada. Perpleja, porque tras el alud de sensaciones y pasión de unos minutos antes, cualquiera hubiese deseado repetir y prolongar esa entrega olvidada en el túnel del tiempo. Aliviada, porque apreciaba a María y a Adán, y mantener una relación con José lo podía enturbiar todo. De manera acelerada, casi precipitada, interpretó el sexo con José como una especie de milagro: era un envío de los dioses para reconciliarla con el agua, con su cuerpo, con ella misma, incluso con Raúl. Era como si le hubiese hecho el amor su ex marido, a tenor del parecido físico razonable con su amante fugaz. Inés se había sentido deseada, se había sentido profundamente mujer, años después. Se había liberado de una carga de deseo que la comenzaba a aprisionar. Y se había despojado de esa losa en el agua, desnuda, como acabaron muchos cuerpos la noche de la riada, y con quien era el padre actual del hijo que ella situaba en el paraíso. Era un singular guiño del destino. Y quizá le aguardaba alguno más.

En ese momento, llegó María, jovial y entusiasta como siempre.

—¡Inés, guapa! —le dijo abrazándola—. ¿Te has cansado mucho?

Inés esbozó una media sonrisa. El cansancio, si era tal, no provenía precisamente de la labor de limpieza.

—¡Qué va! Todo perfecto. Ya nos veremos la semana que viene —le respondió, antes de despedirse con dos besos.

Por un súbito arrebato, Inés, de vuelta a casa, sintió la necesidad de acercarse al lugar que le marcó la vida. Era el terreno en el que se hallaba su anterior vivienda, desaparecida de un plumazo por efecto de una tempestad hiriente. Cuando llegó a la zona, se percató de que la riera de Las Arenas no estaba demasiado hundida sobre el nivel del suelo. Ello provocaba que su lecho natural fuese bastante fluctuante, de forma que podía desplazarse o crecer. Esa maleabilidad era un tesoro para los campos de cultivo, que se nutrían de los generosos limos y del abono vegetal, pero no para las viviendas de los alrededores. Recordó que, los fines de semana, daba un paseo con Raúl y con Laura por esos huertos, que jamás regresarían, absorbidos por el asfalto y el cemento.

La noche del 25 de septiembre, la riera se desbordó antes de la carretera de Castellar a raíz del obstáculo que representaban los pisos de San Lorenzo. Evocó, en un ramalazo que la sobrecogió, los remolinos de las oleadas, que confirieron más gravedad, si cabe, a la tragedia. Esos vórtices lo absorbían todo, sin compasión. Testigo mudo de ello fueron las torres de electricidad, retorcidas como si fueran un frágil alambre. Las torres substitutas se erguían con un deje de suficiencia, pero se preguntó si resistirían la fuerza de una corriente como aquella. En una concatenación de flashes, pensó en el puente de la carretera de Castellar, que apenas resistió: por suerte, se hundió poco después de que un autobús lo rebasase. No fueron tan afortunados tres vecinos de una casa edificada en la otra parte del puente, que perecieron, así como un conductor, atrapado en su vehículo. Superado el puente, la riera era dividida por un terreno elevado en forma de isla improvisada que separaba dos antiguos caminos naturales del agua, reunificados antes del puente de la Renfe. Se acumulaban allí viviendas livianas, endebles, arrasadas sin piedad mientras sus ocupantes dormían. Era el triángulo de la muerte, formado por esas calles, el talud de la vía, y la riera. De los tres ojos del puente de la Renfe, sólo el primero estaba liberado. Cuando se obstruyó, contuvo el agua, que inundó la zona de Egara. Al reventar, el agua se cebó con el barrio de Ca n'Anglada. Familias enteras, de más de una decena de integrantes, fallecieron engullidas por el fango. Inés cerró los ojos, pensó en Raúl y en Pedro y rezó. Al acabar de rezar, le dio las gracias a Dios por haberla salvado a ella y a Laura, y por haberle regalado unos minutos de una pasión olvidada.

XV

Les tendría que haber avisado. Tendría que haber sido más contundente. Pero no lo hice y no lo fui.

Con los ojos llorosos, Javi se desahogaba con Verónica. Estaban en una sencilla mesa, un funcional tablero cuadrado de nogal natural, de un bar humilde y angosto, equidistante entre el colegio y el Instituto. Era el Bar Chiclana, casi siempre abarrotado, propiedad de unos emigrantes provenientes de ese municipio gaditano. La neblina del humo de tabaco se concentraba en el horizonte que señalaba una parca ventana, en uno de los extremos. No disponía de mesa de billar, como le ocurría al bar O'Connell, el de los frijoles y los hongos en dientes blancos, pero sí de algunos libros y numerosos ejemplares de periódicos, como en el parisino bar La gente feliz lee y toma café. Como acogía a bastantes profesores del Instituto y de la escuela, una aureola intelectual e incluso contestataria envolvía a ese bar, que simbolizaba rupturismo y espíritu de debate y en la que se contaban historias naíf, como en la taberna Swan.

La profesora novel, que lucía una atrevida camisa roja y blanca, irradiaba energía. Era ese derroche de veinteañera que comienza a caminar con autonomía y que devora el mundo. Se había soltado su cabello, y su mirada brillaba como el lucero del alba, con una fuerza arrebatadora. Para el veterano profesor de

Instituto, compartir desayuno con Verónica era un refugio, un momento íntimo, casi mágico. Era la cita más esperada del día. La fragancia le arrastraba e, incluso, llegó a pensar que, por primera vez en la vida, se estaba enamorando de una chica.

—Tú no te culpes de nada, Javi.

—Ya.

—Piensa que nadie podía prever lo que sucedería.

—Pero yo...

—Es que llovió mucho, mucho.

—Sí, el cielo se desplomó. Parecía que jamás dejaría de llover.

—Yo tampoco he visto llover tanto, Javi, y creo que no lo volveré a ver. Y, además, fue de noche.

—Sí, maldita noche.

—Todo se juntó: un diluvio, la nocturnidad, la luz cortada, las líneas telefónicas cortadas...—consolaba a Javi, cogiéndole cariñosamente la mano—. A veces, en la vida, ocurren episodios que parecen conducidos por el demonio, pero al final vemos la luz.

—Yo veo la luz cuando estoy contigo, Verónica.

—¡Que majo! Los que fallecieron estarán reposando en paz. Y quienes nos salvamos encontramos cada día motivos para sonreír. ¿Ves? Para mí, estos cafés contigo son uno de los momentos más especiales del día.

—Muchas gracias, Verónica.

—Muchas gracias a ti. Eres muy buena persona.

Javi sonrío levemente, ruborizado. Verónica era como una aparición enviada por una fuerza sobrenatural, que mitigaba la mala conciencia que se achacaba el profesor, obsesionado con la noche del 25 de septiembre de 1962. Leyó todas las crónicas y todas las noticias habidas y por haber, escuchó programas de radio y devoró los de televisión, preguntó a supervivientes...

Su obcecación, callada pero creciente, le abducía. En sus maratonianas caminatas, visitaba lugares significativos de la noche aciaga, e imaginaba el rumbo incontrolable de las aguas. Comparaba la altura de la riada con la convencional. Hacía sus cálculos. Evocó que las radioemisoras de onda corta habían sido el único nexo desde las ciudades afectadas hacia el exterior. De ahí su cariño por la radio. La noche de la riada, ante la situación de aislamiento y de caída general de las comunicaciones, el alcalde de Terrassa ordenó enviar un vehículo todo terreno al Gobierno civil de Barcelona para informar de la tragedia. El vehículo recorrió la treintena de kilómetros hasta la ciudad condal y sus ocupantes se percataron, espeluznados, de la magnitud de la catástrofe. Para aportar luz al Ayuntamiento se llegaron a utilizar las velas de la Basílica del Santo Espíritu. Cualquier fuente de iluminación ayudaba. Los bajos consistoriales actuaron a la manera de albergue provisional, así como diversas parroquias, algunas fábricas que salieron indemnes del embate de las aguas, un colegio mayor, un cine y alguna entidad no lucrativa, que ya comenzaban a proliferar en la ciudad. En los días siguientes, los centros de acogida eran sobre todo locales de edificios religiosos, de enseñanza o de beneficencia.

En los últimos meses, Javi se obstinó con el barrio sur de Terrassa. Cada fin de semana culminaba sus recorridos en el denominado barrio nuevo de Les Fonts, en el que la riada no dejó nada en pie. Rememoró la silueta del peculiar puente de nueve ojos de la carretera de Rubí, que permitía atravesar la riera de Las Arenas. La noche de marras, quedó obturado, como la mayoría de los otros puentes, y formó un improvisado pantano hasta Can Serra. Al quebrar por la izquierda, se agravó la embestida del agua. Un centenar de vecinos desaparecieron bajo la marea desatada, así como ochenta viviendas. La mayoría de las víctimas llegaron hasta el mar.

En verano, Javi acostumbraba a pasar al menos una semana en algún hotel de la costa. Disfrutaba zambulléndose en las cálidas aguas del Mediterráneo. No obstante, desde que trascendió que decenas de cuerpos hinchados habían aparecido flotando en la costa, no podía observar a su amigo mar de la misma manera. Siempre le parecía que podía toparse con otro cadáver. Esa idea se enquistó en su mente, y le torturaba, hasta el punto de que, en ocasiones, lo despertaba delirantemente en medio de tumultuosas pesadillas. Se imaginaba en el centro del lecho de la riera, que la infausta noche se multiplicó por más de tres veces. Se retorcía de sufrimiento y de dolor entre las sábanas, pensando que se le acercaba la corriente y que no podía escapar. Intentaba correr y correr, pero se hundía en el barro, como si de nieve se tratara, y apenas podía avanzar. Era humanamente imposible huir de esa ratonera, la oleada se aproximaba a una velocidad de vértigo, y, cuando se le echaba encima, el profesor se despertaba, anegado de sudor y de lágrimas...

Javi estaba poseído por un espíritu torrencial de barro, oscuridad y muerte. Leía sobre el poema babilónico Enuma Elish y las siete tablillas descubiertas en las ruinas de la biblioteca de Asurbanipal. La fusión del agua dulce, el principio masculino, con la salada, el principio femenino, alumbró todos los seres, incluidos los dioses. Le fascinaba la cosmogonía según la cual antes de que el cielo y la tierra existieran, ya que eran anónimos, esos dioses engendraron una familia. Los descendientes Marduk y Enki crearon a los hombres. Con el fin de formar la Tierra, Marduk mezcló cañas y barro. Construyó una barca. Sobre ésta, creó al hombre, empleando sangre amasada con barro. Barro, barro y más barro. La riada de 1962 resucitó el mito babilónico del diluvio universal. Creado el hombre, los dioses resolvieron aniquilar la raza humana inundando la Tierra con un diluvio. Por eso Javi pensó que los dioses se habían alineado la infausta noche para reverdecer los laureles de la destrucción. Como Enki se apiadó y avisó de lo que se avecinaba, una nave acogió semillas de vida. De una de esas semillas rebrotó Verónica, pura luz, como la que emergió del huevo alfarero del egipcio Jnum, que rompió la rueda de su torno e inoculó en cada mujer una parte de ella. Así se pudieron reproducir los humanos. Barro, barro y más barro. En la mitología griega Prometeo creó a los hombres modelándolos con barro, y la diosa Inquietud modelaba bonitas figuras de barro a la orilla de un río. Zeus, prendado por la belleza de esas creaciones, colocó sus manos sobre las cabezas de las figuras, les aportó calor y consiguió que respirasen. Les concedió vida, como la diosa Nüwa, que creó a los hombres usando arcilla del río Amarillo, en el centro de China.

El profesor no lograba desprenderse de una zozobra angustiosa, obsesivamente martilleante, enfermiza. A veces ahogaba sus penas en un bar de Les Fonts, el popular e inesquivable Bar Clara, todo un referente en esa zona. Era el bar de la chica australiana, la de los menús innovadores y saludables, la de la cabellera de trigo y la mirada de océano.

—Clara, ¿qué tipo de café tenemos hoy?

—Pues te pondré un *flat white*.

—¿Un *flat white*? A ver, que yo leo los clásicos ingleses, pero traducidos —bromeó casi por inercia.

—Sí, es un clásico australiano. Se sirve en una taza de ciento cincuenta mililitros.

—¡Caramba! ¡Qué precisión!

—Sí, claro, ya sabes que aquí cuidamos hasta el más mínimo detalle. Queremos que el cliente se quede del todo satisfecho.

—Ya lo sé, ya.

—Te pondré un tercio de café expresso, dos tercios de leche y una capa de espuma de leche. Te encantará.

—Tú sí que eres un encanto, Clara.

—¡Qué majo que eres!

El profesor dio un sorbo al café, que le despertaba, como al compositor Bach, que sin café se sentía como una pieza dorada y seca de carnero. Al paladar de Javi el café era muy gustoso. Alcanzó las entrañas del grano molido, el bálsamo de Verdi para corazón y espíritu. Van Bruten confesó que, de ser mujer, se perfumaría con café. Impregnado de ese aroma, un Javi revitalizado reemprendió su marcha.

—Hasta la próxima, Clara. A ver con qué me sorprendes cuando nos volvamos a ver.

—Te sorprenderé, Javi. No lo dudes.

—No lo dudo.

El profesor de Instituto visitaba con frecuencia la confluencia entre las rieras de Terrassa y Las Arenas, donde se forma la riera de Rubí. Allí, la avenida de agua alcanzó los tres metros de altura. De espanto. Medio centenar de personas perecieron bajo la fiereza de esa ola. Javi trataba de imaginar esos tres metros, y se horrorizaba. Resultaba complejo proyectar tal altura. Se fijaba en el puente que permitía acceder a la estación de ferrocarril. Ese viaducto también colapsó. Se levantó desde la base la riada. Nada resistió al embate impetuoso de las aguas. En el Escardívol la altura del agua llegó a los cinco metros. Nuevamente imaginarlos le resultaba mareante. Empalidecía. Para los que no lograron escapar del lecho de la riera, resultó del todo imposible huir de esa barbarie.

El único momento en el que Javi sentía que estaba ganando la batalla contra sus espectros era en los desayunos con Verónica. Por edad, él podía ser su padre, incluso su abuelo. Pero percibía una sintonía que rozaba lo fascinante. La fuerza arrolladora que le transmitía la maestra le infundía intensidad y un irrefrenable deseo de vivir. Para Verónica, Javi era esa dosis de experiencia y de serenidad externa que le faltaba. Además, ambos creían en el destino. La simbiosis era absoluta. El encuentro el primer día de clase de Verónica no podía ser fruto del azar, sino de que estaban predestinados a conocerse y a darse el uno al otro. Al cabo de unos días coincidieron a la hora de pagar una consumición en el Bar Chiclana. Al principio, titubearon. No estaban seguros de si el prójimo era el que se habían encontrado en un amanecer anónimo. Sí lo era. Desde entonces, desarrollaron un nexo que crecía poco a poco, mansamente. A Verónica, Javi le aportaba un plus paternal y profesional que Manuel no le podía dar, al dedicarse a otros ámbitos. A Javi, Verónica le devolvía ilusión, ganas de despertarse, ganas de vivir.

Un mañana, Verónica le explicó a Javi que disponía de un par de horas libres, porque unos grupos de escolares estaban realizando una excursión y había quedado liberada de compromisos. El profesor la conminó a acompañarla a su despacho, en el Instituto, para mostrarle un libro antiguo del que habían hablado en alguna ocasión. Era un ejemplar de *El parnaso español o las nueve musas*, de Francisco de Quevedo, de 1886, impreso en Zaragoza, en el que aparece un retrato del escritor. De hecho, la muerte, omnipresente en las vidas de Javi y Verónica desde la riada, sorprendió a Quevedo cuando se hallaba enfrascado en la edición de sus poesías. Un colega suyo, José Antonio González de Salas, intentó respetar la ordenación del poeta, y publicó en Madrid, en 1648, *El Parnaso español: monte en dos cumbres dividido*, con las nueve Musas. Las musas pretendían clasificar la obra del poeta madrileño en nueve apartados. La primera Musa (Clío) concentraba poemas que alababan a personajes ilustres pretéritos o presentes. Polimnia, la segunda musa, recogía poemas morales, como *la Epístola al Conde Duque de Olivares*. La tercera musa, Melpómene, se aboca a la poesía fúnebre (exequias o inscripciones de personajes célebres). Erato, la cuarta musa, se focaliza en la poesía amorosa y la combinación de amor y muerte. Javi leía y releía esos poemas, en su proceso de asimilación de sensaciones. También se entretenía en los poemas dedicados a Lisi, la supuesta amante del poeta. Terpsícore (quinta musa) y Talía (sexta musa) contiene poemas satíricos y burlescos, bailes y bromas. En ese punto finaliza *El Parnaso español*. González de Salas falleció en 1651 y no pudo concluir su labor. Pedro Aldrete Quevedo y Villegas, sobrino del autor, publicó en 1670, en Madrid, *Las tres Musas últimas castellanas. Segunda cumbre del Parnaso español*. Repitió poemas ya publicados o algo desordenados, aunque incluyó a Euterpe (la séptima musa), en clave amorosa y resucitando el nombre de Lisi. Calíope, la octava musa, se sumerge en la sátira y las silvas morales, en un acercamiento barroco al discurso del tiempo y la muerte. La novena musa, Urania, se proyecta a la poesía religiosa.

Mientras hojeaba cuidadosamente ese ejemplar, donativo del bisabuelo de un antiguo alumno del centro, Javi sintió a escasos centímetros el aliento de bergamota de Verónica, absorta por la antigüedad de ese volumen. Impulsivamente, Javi se dejó llevar por sus instintos y besó a la maestra. Fue un beso breve, que sorprendió sobremanera a Verónica. Ella se separó ligeramente, porque apreciaba a Javi. En el fondo, necesitaba su amistad, y no quería importunarlo o que pensara que lo rechazaba.

—Javi...

—Dime, Verónica.

—Me halaga que te resulte atractiva, pero es que yo...

—Sigue.

—Yo... Yo te veo como un gran amigo, pero nada más.

—Perdóname si te he incomodado. Es que me he dejado llevar...

—No te preocupes, Javi. Para mí podemos continuar igual que hasta ahora. Como los grandes amigos que somos.

Javi se mostró ligeramente contrariado, aunque supo disimularlo. Se autoconvenció de que su destino era estar solo, y de que la amistad con Verónica ya resultaba, por sí misma, un gran privilegio. El profesor no articuló palabra sobre el episodio, y prosiguió con sus explicaciones sobre Quevedo, uno de sus autores preferidos. Y la chica, que mantenía en secreto su pasión lésbica y su espuria relación con Sabrina, atendió sus explicaciones como si nada hubiese ocurrido, como si ese beso fuese una invención, un ente imaginario, como si realmente no hubiese existido.

Una vez acabaron de admirar el volumen, Javi le mostró a Verónica una litografía que recogía un paisaje de la Terrassa previa a la riada. El profesor le explicó a Verónica que el arte se movilizó en favor de las víctimas de la tragedia, mediante la donación de obras subastadas, como *Jacqueline y su perro*, de Pablo Picasso, *Dona en la nit*, de Joan Miró, el *Cristo del Vallés*, de Salvador Dalí, *La joie de vivre*, de Fernand Leger o el *Dominant el gris—morat*, de

Antoni Tàpies. Obras de Eduardo Chillida, Marc Chagall, Modest Cuixart o Josep Maria Subirachs permitieron recaudar unos fondos esenciales para la recuperación de la comarca.

XVI

—Este mediodía estaré solo en casa.

—¿Sí?

—Mi padre se ha ido a Valencia con una representación de la empresa.

—¿Y tu madre?

—Mi madre ha ido a Barcelona a visitar a una prima.

—Pobrecito Adán, solito en casa...

—¿Querrás venir a comer conmigo, Laura?

Al escuchar la propuesta de Adán, con el incesante rumor de fondo de los estudiantes gritando en el patio, Laura entendió que se le presentaba la ocasión tan soñada y que le había usurpado una gran cantidad de horas de sueño. Además, a Inés le tocaba cuidar de una anciana durante unas cuantas horas seguidas, por lo que igualmente ella estaría sola en el momento del almuerzo. Todo cuadraba. Parecía nuevamente predestinado. Cuando un convencido "sí" brotó de sus labios, Adán la abrazó. Laura sintió que él la deseaba, y que ese abrazo no era un simple abrazo de niños. Era un abrazo de adolescentes cuyas hormonas se habían disparado, deseosas de adentrarse en nuevas experiencias. A una distancia prudencial, Cristina, la amiga de Laura, observaba disimuladamente. No le comentó nada, pero iba ligando cabos.

En clase, Laura estaba ausente. Se recreaba en la mirada cristalina de Adán, en su cabello sinuoso, en su nariz armoniosa y, sobre todo, en esos labios con los que llevaba días imaginando tórridas fantasías. A través de los ventanales agrietados del aula, volaba entre las nubes de algodón, planeando como los pajarillos que revoloteaban ajenos a los cláxones. Le pareció distinguir el surco de un avión, y proyectó una travesía transatlántica con Adán. Podría ser, por qué no, su viaje de luna de miel. Laura siempre había soñado con un destino del Caribe, con una habitación inundada de rosas y violetas, y con una gran cama donde dar rienda suelta a sus pasiones más desenfrenadas y ocultas. En un santiamén, o al menos así se lo pareció a Laura, la última clase de la jornada llegó a su fin.

Con la carpeta apretada a sus pechos como si abrazara a Adán, Laura le esperó a la salida del Instituto. Se despidió de Cristina, que, tras un árbol, se percató del beso de su amiga en la mejilla de Adán, rozándole los labios. Cristina sonrió, intuyendo lo que se avecinaba. Pensó que formaban una bonita pareja. Laura caminó junto a Adán. Le explicaba los contenidos más divertidos de las clases, y le preguntaba por los deberes. En ocasiones, sin saberlo, recuperaba su otro yo de hermana mayor, superior a sus fuerzas, preocupada por la evolución académica de Adán. De vez en cuando dirigió sus ojos a los labios de Adán, ya recuperados de los hematomas de la paliza.

Adán abrió la puerta. Laura observó que estaba ligeramente tembloroso y nervioso. El chico dejó su mochila en la habitación, y la chica, en un rincón del comedor, especialmente luminoso ese mediodía. Laura evocó la tenebrosidad de la noche de la riada, y resolvió que se encontraba en sus antípodas.

—Siéntate en la mesa del comedor, Laura —le pidió Adán—. Te prepararé la comida como si fueses una reina. Me has cuidado y me cuidas mucho, y te mereces esto y mucho más —añadió con una madurez impropia de sus cerca de quince años.

Laura, ruborizada, le miró fijamente a los ojos. Era una mirada cargada de deseo. Había que ir poco a poco.

—Adán, ¿puedo ir al lavabo? Es que estoy acalorada.

—¡Sí, sí, cómo no! La casa es tuya. De hecho, también es de tu madre —bromeó, con una picarona sonrisa.

El lavabo era amplio y reluciente, tal como había descrito Inés. Laura quería estar limpia y fresca. Y, ni corta ni perezosa, se desnudó para darse una ducha. Primero sus bambas, luego sus calcetines, y prosiguió con el vestido, los sostenes y, con algo de pudor, las bragas. De golpe, le pareció intuir una sombra, y se giró.

—¡Adán!

Sí. Su querido y deseado Adán estaba delante de ella, observándola con los ojos desorbitados. Inicialmente, Laura quedó paralizada, sin saber cómo reaccionar. Luego pensó que ella era mayor que él. Al percatarse del promontorio de Adán bajos los pantalones, supo que él deseaba lo mismo que ella. Laura se le lanzó en brazos y fundió sus labios con los de Adán. Lo había deseado tanto que casi se los desgarra, de tanto frenesí. La decidida e impetuosa Laura tomó las riendas.

—Desnúdate y ven a la ducha conmigo —ordenó.

Adán, obediente y complacido con ese rol, se quitó cualquier vestigio de ropa que llevara encima. Estaba excitado, admirando la sinuosa belleza de su pareja. Se quedó pensativo.

—Laura: ¿y no será más cómodo hacerlo en la bañera, mojados?

A Laura, impulsada por un proverbial hedonismo helénico, le encantó la idea. Abrieron el grifo de la bañera y, cuando ésta ya contenía un volumen razonable de agua, se lanzaron como dos posesos.

—¡Estírate tú, Adán! —mandó Laura.

El chico se quedó sorprendido, pero obedeció, como si una omnipresente quintaesencia le impeliera a hacer caso a Laura, su protectora. Ella, resuelta, abrió sus piernas y se posó tiernamente sobre él, poco a poco, tratando de saborear cada segundo, como si fuera una experta amazona. Finamente, agarró el miembro erizado de Adán y se lo introdujo en la vagina, de forma suave. La virginidad de Laura se rompió al ritmo de unas sacudidas llenas de deseo, lujuria y amor. Cabalgaba y cabalgaba, cerrando los ojos y abriéndolos periódicamente para enardecerse más y más observando el rostro de placer de su amado. Ella se sentía poderosa: era la primera mujer que disfrutaba de Adán en sus adentros. Él, que se movía sin cesar para acariciar el fondo de su amada, se sentía seductor y querido: era el primer hombre que descubría todos los rincones de Laura. Ella jadeaba y jadeaba, sin cesar, mientras intentaba profundizar al máximo esa unión de flujo y piel, que hubiese querido eternizar y que la llevó a una extenuación sublime. Fue un orgasmo extremo, humedecido por el chapoteo del agua y culminado por un gemino irrepetible, universal. Un beso tierno, dulce y prolongado supuso el epílogo de la primera vez de Laura y Adán, que se entregaron el corazón entre las aguas.

XVII

La entrada a la sede del Banco Santander de Terrassa, en la señorial calle Mayor, era suntuosa. El local estaba situado en el centro de la ciudad, en una vía ancha, bautizada popularmente como la calle de los bancos. Parecía una galería comercial temática, a techo descubierto, en la que el trasiego de libretas de ahorro por reescribir y billeteras por rellenar era constante.

Aquella mañana, Verónica acudió a la sucursal porque debía cotejar unos pagos de sus estudiantes de último curso, que preparaban el viaje de final de Primaria. De manera innovadora, y a raíz de la cercanía con el Instituto, se habían puesto de acuerdo con los alumnos de Bachillerato, que celebrarían el último paso hacia la Universidad. Por ello, Javi acompañaba a su Verónica, ese amor platónico que se llamaba Verónica pero que era de Sabrina, aunque Javi no lo sabía, ni lo quería saber.

Curiosamente, Adán, que llevaba unos días despistado, con una mirada al horizonte de soñador empedernido y un vaivén insospechado de sensaciones, y con su corazón latiendo al ritmo del de Laura, había olvidado realizar el ingreso correspondiente al material utilizado en clase. Le acompañó María, que intentaba, desde que Adán estuvo en sus brazos, desde la carretera de los milagros, disfrutarlo como si cada día fuera el último.

Como a Laura le había ocurrido algo similar a la hora de abonar el pago del viaje de final de curso, se puso de acuerdo con su novio, o con su hermano, o con su amante. Sus abrazos en público y sus manos cogidas exteriorizaban un amor indisimulable y sin ambages. Acompañó a Laura su infinita Inés. Como María e Inés eran amigas del alma y, sin saberlo, compartían hijo (Inés lo había alumbrado, María lo había criado), la escena era eminentemente familiar, franca, con un toque pastoril.

—Las colas en los bancos me ponen de los nervios —masculló Javi a Verónica.

—Hay que tomárselo con calma, Javi.

—Ya, ya.

—Son trámites que hay que cumplir —respondió ella, envuelta en sus absorbentes efluvios de bergamota.

En las dependencias del banco, marmolado y lujoso, el ajetreo arrastraba a todos los presentes. Un botones, en la entrada, intentaba poner orden enviando amablemente a los clientes hacia la ventanilla correspondiente. La más concurrida era la de pagos y cobros. El metálico fluía por doquier. En la de hipotecas y créditos no se quedaban muy atrás. De vez en cuando aparecía algún cliente encorbatado, de porte nobiliario y mirada altiva, que se dirigía a la zona de despachos de lo que más adelante se denominaría banca personal. Probablemente se trataba de empresarios del sector textil o de la construcción, o propietarios de terrenos, o los que vivían de rentas. En aquella época, y hasta los años ochenta e incluso los noventa del siglo XX, en municipios de una cierta envergadura, proliferaban los beneficiarios de opulentas herencias y de locales comerciales, que se alimentaban simplemente de esos réditos. Javi, siempre contestatario, frunció el ceño y pensó que quizá alguno de esos siniestros propietarios había vendido alguno de los terrenos mortales del lecho de la riera. Esa idea le golpeaba y le azotaba una y otra vez, como un trallazo incontenible que lo azoraba. Verónica y su sexto sentido lo notaron.

—Tranquilízate, Javi —le susurró al oído, sabedora de su efecto balsámico en el carismático profesor de Lengua castellana.

Sin quererlo, ambos escuchaban los lamentos de una pareja que había extraviado una libreta, los cálculos en voz alta de un abuelo sobre sus ahorros y el lloro de un bebé al que intentaba calmar una madre abrumada. Eran rostros desgastados por el reloj inexorable, unos de piel cobriza, otros encallecidos, otros resquebrajados. Todo era aleatorio. En ese banco de fastuosas lámparas y suelo reluciente, se aglomeraba una retahíla de años consumidos y destinos impensables.

—¡Clara! ¡Guapa! —exclamó María, que abrazó cariñosamente a su amiga del bar de Les Fonts.

Javi quedó sorprendido. Había entrado en el banco la australiana de platos de rechupete y larga cabellera dorada, y, por lo que observaba, era popular. Al menos, alguien más la conocía. Verónica se percató del objetivo de los ojos de Javi, e incluso experimentó una sensación cercana a los celos.

—¿La conoces?

—Sí.

—¿Quién es?

—Es la jefa de un bar de Les Fonts, al que suelo acudir cuando hago una de mis caminatas —aclaró.

—Nunca me lo habías explicado. Es muy guapa y muy rubia.

—Tú eres más guapa.

—¡Gracias!

Discretamente, Javi aguardó a que Clara concluyera su animada conversación con María. Se acercó a la windsurfista y la saludó, efusivamente, ante la mirada curiosa de Verónica. "¿Ves, Sabrina? Los hombres, en cuanto ven a una chica bonita, pierden el norte. Suerte que nos tenemos tú y yo", se dijo, en una de las conversaciones telúricas con su amada.

—¡Todos al suelo!

—¿Cómo?

—¡He dicho que todos al suelo!

—Pero...

—¡Como alguien se mueva, lo mato!

—¡Tranquilícese, por favor!

—¡Cállate! ¡Al suelo!

Un sinfín de ojos angustiados y temerosos se dirigió a la puerta de entrada de la entidad bancaria. Un individuo enhiesto, de al menos un metro y ochenta y cinco centímetros de altura, ataviado de una extraña indumentaria de color negro y coronado con una media que deformaba las forzadas facciones de su rostro, había irrumpido, pistola en mano, en el local. Los gritos histéricos de los allí congregados eran audibles en el exterior, y no pasaron desapercibidos para un joven repartidor de diarios que circulaba justo por delante del banco. Por instinto, aceleró la marcha, tras observar de refilón, cristaleras mediante, al presunto delincuente. Le faltó tiempo para acudir a un guardia urbano que guiaba el tráfico un centenar de metros más abajo, en la Rambla, justo en una confluencia que había sufrido años atrás el terrible aluvión del barro y la muerte.

En el interior de la sucursal, cundió el pánico. Los clientes se estiraron como pudieron en el suelo, rozándose los unos con los otros; el bebé, ajeno a las circunstancias, pero intuyendo algo raro, gimoteaba más que nunca; los trabajadores del banco, aterrorizados, se pusieron a cubierto. El telón de fondo era algún lloro y una letanía de rezos.

—¡Silencio! —gritó el atracador—. ¡No quiero escuchar a nadie! ¡Usted, el de la caja, comience a agrupar los billetes de que disponga! —ordenó, de forma contundente.

Probablemente las personas más inquietas eran Inés y Laura. Ya habían sufrido muchos años atrás, y rezaban para que el peligro que se cernía sobre ellas acabara en nada. "Dios mío, Dios mío, que no nos ocurra nada. Ayudadnos desde el cielo", se decía Inés, encomendándose a Raúl y a Pedro.

Los nervios del atracador se dispararon cuando el responsable de la caja, temblando y al borde de la histeria, le dijo que se le había encallado la llavecita y no podía abrir la caja fuerte.

—¡No estoy para bromas!

—¡Por favor! ¡No me haga nada!

—¡O abres la caja o te mato ahora mismo!

Una marea de gritos inundó el banco. La tensión se incrementó cuando aparecieron, en el exterior, un par de guardias civiles, que habían sido alertados por el policía municipal. El asaltante no tardó en percatarse de ello. La media que le cubría el rostro se empapó de un sudor frío. Presa de un ataque de ansiedad, acercó el arma a la sien del oficinista.

—¡No, no, se lo suplico!

—¡Te mato!

—¡Por favor, no lo haga! ¡Tengo mujer y dos hijos!

—¡Te voy a matar!

—¡Por favor! ¡No!

—¡Deje a ese hombre!

En un arrebato, la valiente Verónica se levantó del suelo como un resorte y se encaró al atracador. Éste se sorprendió, se alejó del cajero y la agarró por la espalda, apuntando con el arma al cuello de la chica.

—¡Deme el dinero o la mato ahora mismo! —chilló, fuera de sí, dirigiendo de nuevo la mirada al cajero. El silencio en el local se podía cortar con un cuchillo. Casi podía escucharse el tic-tac del vistoso reloj que colgaba de una pared.

—¡Por favor, baje el arma! Entraremos en el banco ahora mismo —anunciaron los guardias apostados en el exterior.

—¡No entren o la mato!

—¡Tranquilícese, deje el arma en el suelo y no le pasará nada!

—¡Largo! ¡Como entren aprieto el gatillo!

Ese aviso de las fuerzas del orden llevó la situación al límite. Cuando el atracador disparó a los agentes del orden y la bala rompió en mil pedazos la vidriera que daba a la calle, todos interpretaron que era un momento de no retorno. Son esos momentos en la vida en los que decide un alarde heroico, una raíz de los tuétanos, un brindis a los dioses. Y Javi decidió que ese era su momento de catarsis. Pensó en las rieras principales y en el resto de torrentes, de menos envergadura, que también se desbordaron y provocaron fallecidos. Numerosos colectores se hundieron, y aparecieron boquetes impresionantes, que succionaron unas cuantas vidas humanas. Milagrosa fue la salvación de un joven absorbido por un agujero. Recorrió dos kilómetros por el interior de un colector hasta la Rambla, pero el destino se apiadó de él y apareció aún con vida, cosido a contusiones, en un campo de las afueras de Terrassa. Ahora Javi podía ser el protagonista de un milagro.

En las tareas de rescate posteriores a esa noche, afeadas por algún intento de pillaje y por la ausencia de luz, se utilizaron velas, linternas, luces de carburo y de petróleo e improvisadas antorchas. Las ambulancias, la guardia civil, la policía municipal y los bomberos intentaron ayudar, pero reinaba la descoordinación. Quizá los guardias civiles que los intentaban ayudar habían colaborado con las víctimas de la riada. En la Mutua de Terrassa, el Hospital de Sant Llàtzer y el Dispensario Municipal se atendía a los heridos, afectados por congestiones pulmonares provocadas por el agua, fracturas diversas y contusiones y magulladuras, además de estados de shock. Muchos de los afectados asociaron el agua a peligro y muerte, de manera que sufrirían pánico para nadar o para cualquier actividad vinculada al líquido elemento.

Por suerte, a Javi le había abandonado el miedo. Había descubierto su misión. Sopesó el riesgo, y determinó que esa oportunidad no la desaprovecharía. Tenía que salvar la vida que más apreciaba, la de Verónica. Y las vidas de Clara, de Laura, de ese chico que la cogía de la mano... Las decenas de clientes y trabajadores y sus familias y allegados se lo agradecerían de por vida y le cantarían un alegórico epinicio. Él salvaría su alma y liberaría su consciencia, herida esa agorera tarde que precedió a la riada. Dejaría de sufrir y regalaría latidos, pasión, alegría. Se conciliaría con la tierra y con el cielo. Cuando se abalanzó sobre el atracador y liberó a Verónica, Javi apenas sintió el proyectil que atravesó su corazón. Tampoco se percató de que, fruto de su envestida, el malhechor se trastabilló, cayó al suelo y se golpeó violentamente la cabeza. Javi, desangrado y en sus últimos estertores, intuyó el sonido de las esposas con las que los guardias civiles estaban deteniendo al atracador. Lo último que escuchó Javi fue el desgarrado "te quiero" de Verónica, y lo último que sintió fue una lágrima de su amada en su mejilla, en un baño poético de mirtos y chopos, en un dulce réquiem de agua y amor.

XVIII

—Laura, tengo que hablar contigo —afirmó con gravedad Inés.

—Y yo, mamá, también —le respondió Laura.

—Déjame a mí primero, que seguro que es más importante.

—Mamá, me estás asustando. ¿Estás enferma? ¿Estás muriéndote? —preguntó con ojos lacrimosos Laura, antes de abrazarse fuertemente a su madre. Inés, halagada por el amor que le profesaba su niña, ya adolescente, se sintió más convencida que nunca de darle la noticia.

—Estoy embarazada.

—¿Qué dices?

—¡Sí, Laura, estoy embarazada! —exclamó Inés con una euforia nada contenida. Laura se quedó entre boquiabierta y helada. Sin capacidad de reacción. De ella brotó una felicitación, un sentido abrazo y, a la vez, más preguntas.

—¿Cómo? ¡Felicidades, mamá!

—¡Muchas gracias, hija mía!

—Pero, ¿con quién? ¿Cuándo?

Inés le explicó a su hija que, desde hacía meses, en silencio, estaba madurando la idea de volver a ser madre. El duelo por Raúl ya había acabado. Inés era aún joven, muy joven, y sentía que quería un hijo. Si era varón, le entregaría el amor que no le había podido regalar a Pedro; si era niña, la querría con la misma intensidad. La futura madre no entró en demasiados detalles.

—El destino me trajo por sorpresa a un hombre, una sola vez, y ese hombre me ha regalado un hijo y, a ti, un hermano.

—¡Qué bonito!

—Sí, estoy en las nubes.

—¡Te quiero, mamá!

Laura se alegraba por su madre, y por ella misma. La idea de tener un hermanito o una hermanita le encantaba. No obstante, Laura estaba muy azorada. Y, en ese contexto, se lanzó:

—Mamá: yo también estoy embarazada.

Su madre empalideció, casi momificada. De golpe, a un hogar aún devastado por la destrucción física y moral de la riada, se incorporarían dos vidas. Sonaba a milagroso. Tras el impacto inicial, Inés lo entendió así, y olvidó las cargas económicas y los posibles comentarios que se podrían abatir sobre ellas.

—Laura, hija mía, ¡qué alegría!

—¡Muchas gracias, mamá! ¡Sabía que te alegrarías!

Laura le explicó que estaba embarazada, y que el padre de la criatura sería Adán. Cuando acudieron a casa de María a darles la noticia, estaban Adán y su madre. Al principio, se quedaron estupefactos. Pero, pensando en el sufrimiento de unos años atrás, y pese a las edades de los futuros padres, entendieron que esos embarazos y esas vidas futuras habían llegado para alegrarlas. Prometieron que les ayudarían en todo lo que pudieran.

María no sabía, ni sabría nunca, que la criatura que crecía en el vientre de Inés sería hijo de José y hermano de Adán; Laura no sabía, ni sabría nunca, que en realidad su hermano era el padre de su bebé; e Inés no sabía, y no sabría nunca, que el bebé que llevaba encima sería hermano de Adán. Con el paso de los meses, ambas se cuidaron al máximo. Inés alumbró a un Jordi de tres kilos, moreno y peludito; Laura, a un Daniel de tres kilos y doscientos gramos, blanco como la nieve y de ojos claros.

José había salvado a Pedro, hijo de Inés y hermano de Laura, de una muerte segura. De Pedro nació Adán, hijo de José y María, y a la vez de Inés y Raúl, y hermano de Laura. De José e Inés surgiría Jordi. Y de Adán y Laura, Daniel. Y todo bajo el influjo del agua, de muchas aguas: un agua descontrolada y asesina, un agua calmada y dadivosa, un agua enamorada que salpicaba pasión y deseo. José pudo dormir plácidamente: gracias a su brazo salvador, casi divino, pudo, con el tiempo, crear tres vidas, y salvar la de Adán en el moisés, la de María en su maternidad, la de Inés en su nuevo Pedro y la de Laura, que cuidaría a su Pedro, a su Adán y al rupturista pero resplandeciente fruto de ambos.

Último capítulo

Era el 25 de septiembre de 1987. El día del veinticinco aniversario de las lluvias torrenciales y el reguero de muerte, el calor aún apretaba en Terrassa. En los medios de comunicación, cada año, coincidiendo con la fecha de los sollozos y la tragedia, se recordaba ese traumático episodio. Al leer los reportajes en los diarios o escuchar los programas de televisión y radio, los corazones de los supervivientes se sobresaltaban. Era una manera de homenajear a las víctimas, pero también de hacer regresar a los afectados al sombrío túnel del pasado. Se reproducían los brazos desesperados entre relámpagos, los alaridos consternados, los chasquidos de hiel y el feroz silencio de la muerte.

Al acabar las clases del Instituto y después de una comida frugal, Verónica quiso abstraerse de todo y decidió acudir a una playa de Barcelona para broncearse aprovechando los últimos estertores del sol de la tarde y para darse un baño refrescante. Era un viernes, y en la playa no había apenas nadie. Surcando las olas, divisó a una windsurfista rubia, cuya toalla descansaba a la orilla del mar. La presencia de alguna nube habría ahuyentado a quienes se hubiesen planteado disfrutar de un día de playa.

La piel morena de Verónica se entregó a la arena, protegida por una toalla de dibujos animados y virutas de sueños. Apagó sus ojos, y se recreó en la imagen del sereno vuelo de un par de gaviotas, de la silueta de un velero en el horizonte y del beso de las olas en una orilla que se iba configurando a cada embate de espuma y viento. La windsurfista acabó su sesión de fusión con el mar, y recogió sus bártulos. Se acercó a Verónica y le habló.

—Tu cara me suena...

—¡Sí, la tuya también! Yo me llamo Verónica.

—Y yo Clara. ¿Tú no estabas en el banco de Terrassa, el día del atraco?

—¡Sí! Es cierto. Y tú hablaste con Javi, muy buen amigo mío. El pobre entregó su vida para salvar la de todos los que estábamos allí.

—Sí, pobre. Seguro que estará en el cielo. Venía con frecuencia a mi bar de Les Fonts.

—Ya me lo comentó.

—Espera... ¿Tú no eres la heroína que se encaró con el atracador?

—Sí, bien... De heroína nada. Hice lo que pude. Suerte de Javi. Me salvó la vida.

—Nos salvó a todos. Cuando quieras, ven a mi bar de Les Fonts y charlamos. Te invitaré.

—¡Muy amable!

—Ahora tengo un poco de prisa. Por cierto, si te vas a bañar, ve con cuidado, que las aguas comienzan a estar movidas —avisó a Verónica.

—¡Muchas gracias por el consejo!

—Nos vemos.

—¡Adiós!

Se besaron en las mejillas y el arenal quedó más solitario que nunca. Tras unos minutos de tímido bronceado, la treintañera profesora decidió que era el momento de lanzarse al mar. Estaba izada la bandera amarilla, porque corría un cierto aire y el perfil de las aguas comenzaba a embravecerse. Pero Verónica no dudó. Llevaba un cuarto de siglo convencida de que, si le llegaba la llamada de la muerte, se reencontraría en el cielo de Sabrina, con la que cada noche dialogaba y a la que, en la oscuridad, se entregaba sin pudor y sin condiciones, imaginando y modelando todo lo que le enseñó en una única pero magistral clase de adolescente.

Al sumergirse en las aguas del Mediterráneo, como una sirena, Verónica no se percató de una ola de tamaño respetable que se le acercaba, impulsada por el efecto de una lancha motora. Bajo el agua, esa mezcla de sal y arena la arrastró durante unos segundos que se le hicieron eternos. Perdió el control, algo a lo que no estaba acostumbrada. Ello la desorientó. Abrió los ojos y, mientras buceaba tratando de emerger de las aguas, observó a una mujer sumergida, que parecía sin sentido. Zambullida entre la niebla de las profundidades, la abrazó y consiguió llevarla a la superficie. La sujetó por la espalda, por la parte posterior del hombro. La condujo hasta el arenal, donde la estiró suavemente. En un flash, le pareció que estaba desnuda, que la corriente le habría arrancado el ropaje, y que era bellísima. No le dio importancia, porque había que actuar con rapidez y nadie las podía ayudar. Estaban solas en ese erial de arena y viento.

Sin tiempo para pensar, recordó los ejercicios necesarios para resucitar a los ahogados en el agua. "Suerte del cursillo de socorrismo", musitó, en plena agitación. Verónica le administró a contrarreloj la reanimación cardiopulmonar. Tomó la mano de la chica y le parecía que mantenía el pulso, aunque muy leve. Ante la duda, resolvió administrarle la reanimación. Le colocó una mano en el centro del pecho y situó la otra mano en la parte superior de la primera. Realizó las compresiones en el pecho, hasta una treintena, al ritmo de un centenar por minuto. Presionó hacia abajo a unos cinco centímetros. Dejó que el pecho se elevara por completo entre compresiones. Le hizo el boca a boca, desesperada.

—¡Gracias, Dios mío! —exclamó Verónica, mirando al cielo, al comprobar que la chica estaba respirando. La sílfide anónima arrojó algo de agua por entre los labios, y balbuceó un "gracias" apenas inteligible.

La adrenalina de Verónica estaba a tope. Hacía un cuarto de siglo que no había estado tan concentrada y absorbida por las circunstancias. La primera vez era una levitación de éxtasis; en este caso, para salvar una vida. Tras respirar a fondo y relajar la tensión acumulada, Verónica se entretuvo a observar a la mujer a la que había salvado. Parecía de su edad, de unos cuarenta años muy bien llevados, muy juveniles y cuidados. Le sorprendieron sus pies perfectos, armónicos, y sus piernas delgadas pero atléticas. Admiró por un instante su pubis rasurado, aunque un ataque de pudor la condujo al ombligo y más arriba. Descubrió unos pechos erizados, magnéticos. Luego se fijó en su cabellera. Chorreaba, pero parecía un cabello pelirrojo. Verónica comenzó a agitarse. Estaba en alerta. Ese cabello... Esa nariz griega... Esos labios de fantasía...

Cuando la sirena rescatada abrió los ojos, de los que brotaba alguna lágrima, Verónica se quedó congelada. No podía ser. Tenía que tratarse de imaginaciones suyas. Esos ojos verdeazulados eran... No osaba ni pensarlo. Era demasiado bonito. Pero cuando su vista detectó el discreto lunar en el remate del párpado derecho, el corazón le dio un vuelco. En unos segundos, un carrusel de escenas superpuestas la asaltaron: el descubridor roce de los pechos, los primeros abrazos, el primer beso, la ruta de la lengua en su vientre y en sus adentros, el primer orgasmo, los ojos de pánico de su padre, la premonición, el grito de socorro, el "¡Te quiero, Verónica, te quiero!", el "¡Adiós, Verónica!", las caricias nocturnas a la fotografía, la silueta bajo las aguas...

—Sabrina... ¡Eres Sabrina! ¡Dios mío! ¡Gracias, Dios, gracias! ¡Te quiero, Sabrina, te quiero!

Verónica no dudó, le dijo lo que su corazón había guardado años y años, la acarició como acariciaba la fotografía, y lanzó sus labios hacia los de la sirena pelirroja, que se entregó dócilmente. Agradecida, la chica correspondió a su salvadora, desde la desnudez de su aliento y la humedad de su vientre. Quizá Sabrina había logrado emerger de la corriente, quizá se había golpeado y había sufrido amnesia, quizá alguien la había rescatado y adoptado, quizá había llegado al mar y se había convertido en una sirena, quizá la riada no había existido, quizá ambas habían dormido durante veinticinco años... Mientras lloraban de emoción, se besaban y se entregaban el amor de adolescentes, una ola bautizó sus pies. Era un bautizo mágico. Era un bautizo puro. Era el bautizo de un milagro en el agua.

FIN

Otros títulos de la Colección "De mil amores"

LAVINIA o las lides de Venus y otros relatos
Juan Manuel Gallego y otros autores y autoras

En los seis relatos que componen este volumen hallaremos variadas y sorprendentes manifestaciones del amor y del erotismo. El sexo como reflejo de la ambición de Lavinia se contrapone al amor sereno contruido con complicidad de dos enamorados en el otoño de sus vidas. El descubrimiento del erotismo de un adolescente en el ambiente acre de los prostíbulos de un arrabal o la enajenación en los sinuosos caminos de la más subyugante pasión sexual nos hablan del recuerdo y del poso de la experiencia amorosa. Una sencilla y dramática historia de un amor imposible y secreto se puede entender mejor a la luz de una hermosísima transposición fantástica del amor humano hacia el reino animal y vegetal. Seis miradas distintas sobre la misma pasión amorosa que desde el origen de los tiempos nos iguala en cuanto a seres humanos.

La esposa de Johan
Viviana Hernández Alfoso

Una antigua gran casona y una saga familiar son el eje de "La esposa de Johan", una historia que desde los primeros párrafos logra retenernos en su lectura. Descubrir a Sancia, una mujer fuerte e independiente de finales del siglo XIX, mientras espera la inevitable muerte de su madre, lleva a su nieta a desvelar los oscuros acontecimientos que dieron origen a la colonia rural DeGroot y que marcaron para bien o para mal la vida de sus descendientes. Una hermosa y tormentosa historia de amor, tres mujeres, tres épocas y el mismo dilema: la búsqueda de la elusiva felicidad. La autora teje un relato generacional en clave de intriga con un poderoso uso de una prosa firme y resuelta.